君子書

黃粱 歌詩

推薦序　反哥倫布及其他

車前子

（《百年新詩》語言天才）

一冊詩集：《君子書》。

一位友人：黃粱。

黃粱是君子。君子在物理界必死無疑，然後死而復生，黃粱常常置自己於死地這個事實，至於能否復生，他不管不顧，但也並非聽天由命。

所以黃粱在我看來，多少有點陀思妥耶夫斯基的悲壯，在《卡拉馬佐夫兄弟》中，「我早就決定什麼也不去弄明白。要是我想弄明白什麼，馬上就會背離事實，所以我決定站在事實一邊。」

我把《君子書》看做地圖，私人的公共地圖，冠名黃粱的地圖，他在這張地圖上發現──黃粱在這張新大陸地圖上發現舊大陸，他是另一個哥倫布：反哥倫布。

黃粱不懷舊，他是新制，他把舊大陸這塊醃肉逼出鹽分剔除糜爛，成就為抽象而具體的鮮味……彷彿可以返老還童的藥水。

黃粱有藥水般眼神，即使治療抑鬱的藥水其眼神也是憂傷的，憂傷裡，又天真。

　　憂傷黃粱，天真黃粱，他把島嶼當作海洋，他把海洋當作龍船。對了，龍船上有帆嗎？我想是有帆的，沒帆也沒關係，加一個，碧空，彩雲，一鼓作氣，一意孤行，以沉思、文字與信仰為帆。

　　雖然有句老話「黃粱美夢」，但我很少感到黃粱做夢，他是無眠的。

　　他是理性的，黃粱，並不「無限的狡猾」，克爾凱郭爾認為理性具有「無限的狡猾」性質，這是非成像詩人看法，成像詩人的理性在他行動之中凸現沉思、文字與信仰，猶如盲文而不會在黑暗裡解體或失聲。

　　黃粱的每一行詩似乎都是從一首史詩中突然按住的一行，「我們抓到了泥鰍」，與其說黃粱寫詩，不如認為他在編一部龐大的漢語言手冊，也許是處在源頭的六書與永字八法，「六條泥鰍」，「八條泥鰍」，也許是遣詞造句祕笈，「其中沒有加法」，在精神上束之高閣，在婚禮中琳琅滿目，取之不盡，用之不竭。他的詩，即書——

　　「這一整個由形象和記憶構成的宇宙，從不屈服於日常生活的現實。」（阿爾貝・卡繆，《第一個人》）

　　大步流星，我們已經出發去參加婚禮了，它是「日常生活的現實」嗎？不！「親愛的語言」。

　　書，即宇宙。平行宇宙。多重宇宙。比較誰更真誠，只是：不是情感的、情緒的、情欲的，這種比較出自語言選擇：種子優選法。優選法契約下的眾詞平等。

無論哪裡都不賣弄權威。

卻：在詩中允許一切。

真正的詩神聖而無意義。

詩：不斷對自己思維、習性……的質疑。

詩，不能只有跳躍，而沒有遷徙。

「不可靠敘事」。

他是另一個哥倫布：反哥倫布。

……

……

……

（此處需要引入省略號，碼頭下面波光粼粼。）

他是另一個反哥倫布的哥倫布。

在淡水某個街邊酒吧，二樓，憑欄而坐，兩條腿似乎可以伸到街上，好像宜蘭廣場章魚能夠一直遊入太平洋。

那天，黃粱和我談了他的隱居與寫作計畫。現在看來，他實現了對自己的承諾。

微風通透，碟子裡的檸檬完成一幅進攻性十足同時又尚未完成的圖畫：傑出詩人大概會和章魚做愛，他不需要擁抱和撫摸，他沉溺於糾纏與勒索。

「不可靠敘事」：反哥倫布及其他，其他波光粼粼，無法攫取碎片。因為反哥倫布的倒影如此完整，人，完整的人。

黃粱確是完整的人，君子出現，作為眉批。

2022.4.26下午，蘇州

推薦序　誠的詩學

廖育正

（廖人，成功大學中文系助理教授）

　　這是一套「誠」的詩學，透過黃粱詩而彰顯。《中庸》言「誠者，天之道也；誠之者，人之道也」、「誠之者，擇善而固執之者也」。君子有所為，有所不為，以塑造自我並推動社會。然而在現代詩虛張聲勢的流行裡，書名君子，乍看太過懷舊，其實宣告了一種轉向的大自信。黃粱回歸詩之「誠」，試圖以至誠的言語貫通天人，讓人心、詩心、天心相互朗現，這是他的詩學與眾不同的根本原因。

　　黃粱不只是寫詩的人，他的存在，即表明一種詩學態度的存在：詩品即人品。相信詩藝的品狀，必趨同於人格品狀。詩是文明的核心，是人文精神的永遠前引，也是最深層的自我教育。在黃粱那裡，「詩」凌駕於文字技巧或議題布置，不是標榜自我的社交遊戲，不是出題與解謎，無庸修辭結構的標新立異。詩必須整全身心，發乎至誠，始能經營。在這樣的觀點下，「詩」甚至超出文類，成為人溝通天地的唯一可能。

　　對黃粱來說，詩總牽涉到生命向度──隨著人的成

長、墮落、衰老，而展現出的生命狀態與境界；經營為
作品，則成就作品的狀態與境界。所謂「詩」，包含了
「生命狀態」與「作品狀態」交會、互滲的總體過程。
因此，詩必然嚴肅。並非不苟言笑的嚴肅，而是攸關生
死的精神賭注。這意味著詩的鑑賞關鍵在於心靈奧義與
精神氣場。在真詩中，智性與渾沌乃可相互辨識。因而
真正的詩往往暗示了一套世界觀。人如器，如琴，詩則
有音色。聽詩觀詩，可覺察一個詩人的身心靈全體。

　　黃粱最令人印象深刻的作品，往往用語雅緻，基調
冷冽，帶著少許的古意。時常指涉存有的整體，或者愛
與死的試煉與變奏，多收入《瀝青與蜂蜜》（1998）。
如他將愛情喻為黥面，愛就是永生的印記，盲聾又何
妨，因為「愛過即是黥面唱出了歌」。那「血色黃昏」
神祕而殘忍，晝夜交替燦爛而愛情短暫，終將沒入黑
暗。就詩的語調而言，在部分作品裡，黃粱試著模糊敘
述者和外在世界的界線，不以過度的我執操縱於存有之
上，敘述主體適度的隱匿，大抵源於道與禪的藝境。如
他寫菊，一念三千，具象為一念四十九菊花瓣。念與
念之間的轉化也是念，一念淡泊出世，一念愛憎苟合，
無窮無盡念念相依即生之實況。除了虛靜以外，他的詩
也勇於進入歷史糾結，如《小敘述　二二八个銃籽》
（2013）等作，讀之令人備感沉哀。

　　《君子書》裡相當動人的部分是懷人，那是浪蕩
人子的還債紀。出乎至誠的詩句，有不捨，有回憶，有

悲痛，有遺憾。年少不羈的人子，過了一段自我追尋的放浪歲月，源於直覺衝動而逃離原生家庭，直到父親躺入棺材才回來。多年後他照顧衰老的母親，盡孝盡心，看見「沒有皺紋的詩篇寫在媽媽臉上／枯萎之後滿室馨香」。以及為一代巨匠葉世強，和琴士莊洗送行之書，皆是生死真詩。浪蕩人子看似瀟灑，但最放不下的還是這些包容他浪蕩的恩人。長久庇蔭的屋瓦終會傾圮，人子繼續獨行於天地，徒留傷逝和追悔。到底是什麼型塑了詩人的心靈，決定了生命的走向？又是什麼使人慈悲，願意不計回報，不計代價地包容善待一位無名少年呢？人子欠恩太多，時移事往，只能深自感懷，以詩相還。

「相對于老，我現在猶然少年／視死更衣，病酒為樂／萬壽菊枯萎在眼前／一萬個閃念霹靂雷電」。詩人總是年輕，即使年歲老大，心態猶然少年，看待死亡也只是一件即將換上的衣服而已。年輕是一種永遠朝向未來的心情，一種展開新鮮局面，拒絕完成的可能性，萬念齊作，甚至到手的成就也可以輕鬆拋棄。一秉真誠，面向未知，堅守心中正義，看重原則，這是詩人永不變的性格或自我承諾。

在中文傳統裡，知音幾乎等同生命的禮讚，有志者覓得知音，即可忘卻潦倒。黃粱既尋求知音，也成為許多詩人和藝術家的知音，從他撰寫詩史，編輯詩叢，策劃藝展皆可見一斑。作為一位廣博深刻的詩評家，

他的每次出手皆壯舉：編輯兩大套「大陸先鋒詩叢」
（1999、2009），蒐羅中國當代先鋒詩人十九家，並
一一撰寫深度評論；更寫出偉作《百年新詩1917-2017》
（2020），視野遼闊，詩思精深。他根植臺灣，放眼古
今中外，唯對淺薄作態的作品不屑一談。這樣的君子不
僅孤高，根本是反世道而行；但他的逆反不是背叛，而
是返回一種真樸的人文體性。他堅定關注詩的本質，唯
一的價值判準就是詩心。他認為詩人的真正成就無關權
力位置、媒體聲量等外在因素，而完全取決於詩歌本身
的高度與深度，這使他的詩評論大異於學院著述，創見
豐碩十分可觀。

　　黃粱欲以古典話語對白話文進行淘洗，懷著寓開
新於復古之情，對中文傳統進行縱的繼承，企圖融通文
言白話和方言。不論那樣的嘗試是否成功，這上溯文化
源流的意向總是深刻的。我們的語言不會毫無來歷，我
們的意識也不太可能全然懸空於語言和歷史。黃粱深契
於古典情性，同時懷著臺灣本土的堅定意識，拒絕參與
現代性耗費掏空的遊戲，面向傳統人文，接引廣闊的文
化資源，此可見於《野鶴原》（2013）。他甚至自鑄格
律，寫作雙聯詩體如《猛虎行》（2017）。凡此種種皆
是文化體性的慎思明辨。

　　黃粱一秉誠的詩心，誠是至道，是至神，是形上之
理，更是人世的總原則。唯有在誠的精神朗照下，詩才
有合宜的定位。他對詩的一往情深與義無反顧，充盈了

君子一詞的涵義：不學詩，無以立，若要學詩，則必須
交付全副性命。由此，詩與君子合而為一。這是他以生
命活出的真姿態。我會這樣看此書：君子應當作動詞。
誠是詩藝的必要條件。而詩是人真正的哲學。

目次

卷六　詩的啟蒙

卷一

風

獻給孩子

初為人父之歌

I

哭泣的歌，甜蜜又悲哀
淚水尋找安息的河
找著了
睡吧
而夢中的哭聲呢？
你無疑是一個金色的孩子
啊！光耀奪目
整夜的歌，整夜的孤獨

II

想像中的哭聲
喚醒你
使你哭泣

III

持燈的人走進我房中
將黑暗留在門外
永恆的節慶
心靈讚美詩
我親吻臂彎裡的小孩

彈撥二絃琴
枝葉寧馨
孩子玎玎瑲瑲哭了

1986.9.20-10.8

獻給孩子

I

孩子，天空有無數個
每天誕生一個太陽
黎明之鳥歌聲嘹亮

創造的巢穴裡
痛苦找到它的卵殼，喜悅亦然

II

孩子，你坐在碗中思索什麼？
雲端擊鼓，縱浪海角
因久候而苦惱
日光中緩緩移動，啊，隱形的夢之山

III

看，七色鹿躍過天穹
零雨紛紛，空草漫漫
八面風，輕輕拍動野地的花瓣
以任一姿態，你睡了
選擇無何有的時辰你喚醒星宿海

IV
瞳眸珍藏著翡翠森林
微笑的鳥群千羽迴旋

子夜駒，心靈坐騎
正午以桂冠為精神加冕

雲門大開，孩子
那光的箭矢射中了我們

1986-1987

兒童歌詩　九首

1

如果地瓜長腳就會自己跑去浴室刷牙
地瓜跑去浴室，就會愛上洗澡
地瓜有手就會幫我們煮菜
煮什麼菜？當然是地瓜稀飯
地瓜幹嘛洗澡？
洗得乾淨好幫我們煮香噴噴的早餐呀！

2

樹上為什麼結出蓮霧？
樹上為什麼不長出大象？
長出大象，樹變得更高更壯
大象樹上結滿大象
大象成熟不就會掉下來嗎，啊，危險
別怕，他們都是小飛象

3

白蛇吃早餐
「沒有刷牙不准上桌」
白蛇說：「我又吃不多」，「不行」
「我只有兩顆牙」，「蛀光了你甭吃」

白蛇溜下去找根樹枝磨牙
哇！是檀香柏，滿嘴芳馨，上桌

4

噓！安靜
那棵大樹沒穿襪子
小時候愛亂跑，他媽媽追不上
這棵樹的大拇指露出來了，真絕
上面有隻甲蟲，正在幫他搔癢
噓！安靜，當你走進森林

5

來呀！來找我，紋白蝶
我躲在這兒，油菜邊兒
你找不到我，對不對？
因為油菜花兒比我還高一點
下來聞聞油菜花的香味罷！
你就會看到我的鼻尖

6

大鯨魚起床囉，爸爸
天又藍了，快點起來曬尾巴
小鯨魚要跟你玩

白色床單作海浪，紅棉被當捕鯨船
小心標槍！快游開
我們來玩枕頭大戰

7
野餐時間到
好個豔陽天，烤什麼吃呢？
就吃天空，光有藍色的香水味
餐桌也好吃，木頭香，笨笨的
如果什麼都忘了帶，好餓，袖子也湊合
含住一口空氣慢慢嚼，試試看

8
大家快來看！我帶蜘蛛去散步
有毒的大蜘蛛，不可以炒來吃喔！
我的魔棒上養著一隻寵物蜘蛛
大家快來看我的大肚魚，大大會吃的魚
最大的那隻肯定會撐破肚皮
大家快來看我手抓青蛇，牠很乖不用上學

9
夏天太熱了，我們來加點調味料
冰棒太冰，受不了，加點調味料

媽媽家事太累，幫她加點調味料
爸爸薪水太少，幫他加點調味料
學校功課太硬，加點調味料罷！
水太軟，游泳老是學不會，偷偷加點調味料

　　　　　　　　　　　　　　　　1991

唇的小屋

夜已消失於荒田

夜已消失於荒田，只剩三兩戶人家
你仍在夜裡嗎？

薄荷之吻
百合花開的清晨
啊，淚水，你來了

1983

絕望相思

絕望相思
獨立靜聽花叢
漫開肢體您的小溪呀
何妨大海行過臉龐
寬闊愛情待曉
相思絕望

絕望相思
參差草木昏黃
將進酒急雨您也來吧
篳篥和風拍遍群山
清唱愛情無語
相思絕望

1985

甘泉

四目交集處，情愛的紅蓮華
記得否？水色秋香
床橋寺酒蕩蕩
明月粉碎滿天飛花嬌黃

歲月榮枯沉默，死亡，我願意
思維還諸天地
時間之砂河繞頸三匝
兩岸桃樹搖曳

靜立黃昏之塔旁
流水，歌唱，心靈之馬嘶鳴
生存透明的水波浮沉
喜怒哀樂——四騎士

千朵粉紅玫瑰之海上，熱氣香騰
餐燈寧靜柔和
門紗清淨，紗外幾隻貓
甘美的音樂水花四濺

1990

水晶

I

你聽見大海說話嗎？
靈魂沉默
海底的水晶城市
游魚戲謔，生死，浮沉……

因害羞，大海捲浪滔天
誠實

II

如金石
堅毅復柔情的月光
年輕女鋼琴家
輕觸人間試問愛情

無畏坦蕩的男子
水晶雕像

1990

唇的小屋

唇的小屋中
獨留絕望，獨留愛情
你仍是囚徒……

鐵柵，與遺忘
雙重禁錮了你
鎖上苔痕

月光的波浪，是你嗎？
呼吸，出入
潔身靜穆的女人香

酒焚四壁
你奪窗而出的粉紅衣領
引動世界孤寂

1994

聖殿之光

如是苦惱
如是神聖
期盼已久的
通往妳身體的小徑
草深，苔滑，禁止通行

聖殿
如光
在光之明朗中沐浴
在光之蔭翳中變幻，重整
階梯陡長，請靜默祈禱

不可褻瀆
意念的小徑，不敢攀過籬柵
手，顫抖，不敢圍攬妳的肩膀

身體左近
聖殿遙遠
久矣，等待妳闔上我的雙眸

傾慕千年的目盲時刻……鐘聲
剎那獨立于光中

　　　　　　　　　　　　　　　　1994

黥面

愛過即是黥面
血色黃昏，揚起灰塵
誰都看見了盲人
誰都聽見了聾
愛過即是黥面唱出了歌

1996

沙數之業

夜天清冷

夜天清冷，無雜言
想念微波，獨步空中
一瓣，兩瓣，綻放，搖落……
什麼也不吐露
閑靜安息在美人裸肩
想念似——花瓣芬芳透明的脈輪

2004

一路繁花盛開

I

唇之幽光，微顫
唇與唇，比翼飛向無何有之鄉

II

靜謐，綠意盎然的瞳眸裡
只因奉獻小小宅邸，它擄獲整座園林

III

沒有瓶口，難以開啟的
一旦身體交出了鑰匙，香水的精靈
甦醒。從頸項之酥胸，迷離流淌鴉片香
腰間波蕩致命的毒藥

IV

手指往赴肌膚，一路繁花盛開
遙不可及的旅棧啊！永遠無法抵觸
花園盡頭的最後那一株

V

震顫的空氣預告暴雨將至
落葉旋舞，古藤激情搖擺
瀰滿叢林氣息底廝纏，喔！烈燄焚灼羽衣

VI

昏厥于花間，柔情呵護含羞的花蕾
在無人走動的玫瑰園裡，不要驚擾沉睡的黃玫瑰

2002

絕句

I
喜悅的翅膀
哀慟的羽毛

身體的酒滿溢
枯乾

洗滌睡之乾涸
洗滌醒之濁流

滿佈纏絲的紅眼睛
淌出黑河

海在他鄉響徹
海，幽囚在黃金打造的胴體裡

愛入暮，出暮
誰依約前來，誰歌哭

II

日常生活的神聖托盤
撕碎的心臟繁花盛放

將心比心，無法安息
甚深思念，難以呼吸

鳥在飛行中作了一個夢
飛，是一朵花開的過程

花底事芬芳？此刻
為誰昏迷，為誰垂憐花瓣

謎，空中線團
雲雨解散不了巫山

生者的星眸烏夜啼鳴
死者的眼瞼暗沙流淌

III

雨敲碎太虛
雨的鋼鎚，雨的鐵鉆聲

雨打磨自己日以繼夜
第一根針，繞心

雨中有斷翅，愛之崩崖當前
加速度，加速度……

雨後蘑菇林
採蘑菇者垂死的眼神

霧，引唱悼歌
生之峽谷空無人煙

吻之激流冰寒徹骨
兩山對峙，唇與唇

　　　　　　　　　　　　　　　　2008

沙數之業

沙數之業
沙數的貝多羅樹葉
沙數以鐵簪子刻寫佛經的葉片
沙數雕刻了小乘佛教經典的貝葉經
沙數的愛欲紋身沙數的填金男女沙數的煩惱與菩提

沙數之夜的宛轉抒情
沙數的衷心相愛或虛情假意
無償寄居的苦，沙山的家沙洲的廢墟
沙數的一瞬
花，清淨地墜落圓滿地腐爛

2008

空中的月光站臺

月光站臺上，一對戀人等待愛情列車進站
等了千秋萬歲，等到絲縷不存，通體透明

2007

當愛九十歲

每日照顧母親擦澡屙屎煮飯洗碗都是平常事
愛既不是酒也不是茶而是枯淚與尿香調和時
當愛九十歲猶記得芳春手攜手敢將夢想託付
一念貞潔寫在垂暮之年歲月稀疏陌生兩鬢霜

2007

夢想

夢想一雙眼睛，最專注最神祕的凝視
夢想一種聲音，人生枕畔伴你入眠
發現一汪清泉，一座蘋果林
貧寒歲月裡播下的種子
播種者喜極而泣
夢想愛情，愛情也夢見了你

夢想者夢見自己是春天
春風裡的山林，林蔭深處
啼囀相隨的一對琉璃鳥
芒果林中築巢
湍流溪石上張揚藍色的尾扇
夢想詩，夢想者御風飛行

迎風款擺的銀色花瓣
是鑲嵌在夢想周緣的妳的微笑
詩的夢想裡有太古鈴聲斷續相伴
薰染過明豔晚霞的妳的笑靨
為愛情聖潔的夜晚奉獻序曲
詩的花園匯聚大地所有花園的菁華

2001

懷人

獻給父親的堅苦與平靜

年方二十，離離飄蕩，父喪遲歸，血淌心上

曾經那麼哀一回，無淚水
大日頭趕到家居
父親雙眼微闔，依似往昔
平靜應否學？細問，啊⋯⋯不語

阿姆，今晨是怎麼到底？
──咳嗽幾聲，安詳
記得天光，我還來近眠床
見你蜷縮身軀甜美的休憩
篤信安寧，竟，輕浮離去
木魚聲緩，木魚聲急
眾人下跪，體內暴動著血液

顯靈吧，阿爸
莫讓黑暗成形
天色已亮，臉盆毛巾端上
虔心一炷香，阿爸請起床

麻衣散亂，難道就要上式場？
祭文誦，兩膝炙傷
哭聲沸騰午陽
哀樂敲，黯夜到
父親滑入空涼，爐門關上
睡穩喔，黎明就來
冥紙燒痛燒裂的等待

擺正頭骨，拈上香，陶罐要封蓋
大地遍照日光
撫慰我臉龐，撫慰我臉龐
啊！回來了，回來了，阿爸就是回來了

1978.8.8

後記：這是吾第一篇自發寫作之「文」，成於先父過世之日。為了追尋
　　　生命主體性，我於1978年大年初二清晨離家出走，偶爾才回家一
　　　趟。8月8日突接獲大哥電告家中有急事要我返家，抱著忐忑不安
　　　的心走進家門，目睹前庭尚未封頂的棺木，棺內吾父雙眼未闔眼
　　　中盈滿淚光；剎那間我忘了哭泣為何物，只能以無比震顫的靈魂
　　　擎起了筆，塗寫出一些字。先父出殯完畢，我的儀式也畫下句
　　　點，轉身又再度浪流。之前並無寫作習慣，詩也未曾親近，只能
　　　說是伶仃的心與死亡的對話。辛苦了，一個木匠也能生養十個孩
　　　子。我出生不久，父親在中華商場二樓木作現場被高壓電線吸出
　　　窗外，黏附其上，工作夥伴用木條將他打落，掉在底下三輪車篷
　　　頂上，僥倖不死；母親一夜白髮，斷乳，嬰兒之我哭鬧不停，長
　　　期拒食代用乳品。父親奇蹟似地又勞作二十年，從不約束我的言
　　　行舉止，對孩子只是寬容與愛，人子一輩子感懷在心。

謹慎收藏起藍色唾液──奠祖母

黑色瞬間降臨
打擊光
愛恨臨界，不確定
你在此地孵化石頭？

僅剩一絲焦味
僅剩一株黑葡萄
發酸的葡萄釀成了家族祭壇上
煮沸舌頭的酒

被植入密碼的暗房
恍兮惚兮的墓中對話
雙腕金手鐲，華貴的黑紗百褶裙

在我體內，在我體外
忍受血脈斷裂的千鈞之重
忍受夜已消失

1984.8.3

後記：祖母黃吳斷，人稱「艋舺地下市長」，性格強悍專制遠近馳名。
　　　黃姓祖父源出種德堂乃艋舺地方頭人，替人出面與外地角頭談
　　　事，吃下談判桌的毒麵中毒身亡。黃姓祖母年輕守寡，獨子又罹
　　　患腹膜炎早逝，帶著養女（我的母親）來陳家安身。為了讓我繼
　　　承黃家血脈，祖母指示父母離婚，父親再入贅於黃家。祖母安排
　　　我從小跟她睡，成長過程溺愛有加，激發我叛逆獨立之心。祖母
　　　晚年性情轉慈祥，嗜食甜品如孩童，往生當天我去床前告辭，輕
　　　聲叮嚀：我今天要走了你留下來；坐在床沿目睹祖母猛然嚥下最
　　　後一口氣，我竟放聲大哭。感謝祖母的精神期許壓力加持，黃梁
　　　以詩光明磊落地活著。

紀念母親

你要走了嗎？

醫院之晨像剛剛掀啟的棉被
發燒的身體餘溫襲人
你要走了嗎？
夢境捲走了凋謝多日的殘莖敗葉
微明之晨只掀開一小會兒
濁重的黃霧迅速掩沒窗外山丘
百合花呻吟它病斑的白色

你要走了嗎？
你回到昔日的床榻
坐在床沿思想未來的日子
今晨我在你的眉宇間
看到你的骨肉──我
我能向你學習寬容嗎？
一瞬間，母子連心之喜之慟
記得清晨五點的龍山寺
父親歸去前後，我跟隨你
經行在大雄寶殿四周
三十年了，一轉眼

你留下來陪我們
當時你開始茹素，現在我也願意跟隨

我還記得你的吩咐：
「要找一項頭路啦！」
「金子快要流去囉！」
我記得，母與子相擁
肚子挺肚子，額頭頂額頭
幫你換尿布時你偷親我
像親一個男子
我給過你像樣的愛情嗎？
清理好你的床榻了
你回來時，一定熟悉這裡
你放心，生塌下來時
有死頂著
活著的人得到啟蒙
懂得感謝死的恩澤
腳步輕輕的走，從不嘆息
從不抱怨的你
愛是天使

媽媽

沒有皺紋的詩篇寫在媽媽臉上
枯萎之後滿室馨香
媽媽的心像遠山含笑
一年四季綠意盎然

林中之火

火化作光，魚化作水
色身揉作香煙與灰塵
爐門關閉，洪荒開啟
空降臨，忽熱乍冷
骨分五色，青黃紫朱白
一炷香返祖，視死如親
大慟如木無枝無葉
身體中的森林，林中之火
火中沐浴，光中的頂禮者
一燃再燃一拜再拜
大愛如親如仇，電光石火
融化黃金打造的正午
飲盡甘露醞釀的月光

生死事大，愛，祈求愛者
南無青青草葉菩薩摩訶薩……

　　　　　　　　　　　　　　2009清明

後記：基隆碼頭上船前我寄出家書，從此斷了音訊；我攜帶維摩詰經、
　　　六祖壇經、原始佛教思想論，來到戰地前線的金門孤島，以閉關
　　　的心態服務役兩年。退伍後，母親明知我是絕情之人，依然細
　　　心呵護，誠然不可思議。她偷偷跟我上下公車，尾隨身後，只想
　　　知道孩子去了哪裡？我在文化講堂門前偶然回身發現了母親，我
　　　抱住她，讓這一刻永恆停駐。

葉世強週年祭幽思

1

化成灰的不是骨與肉
也非干未亡人的放下與執著

一聲佛號被唸上一萬遍
有人渴求消失，有人祈望重現

2

度化時間之美人
顰笑之際，香氣襲來

不放玄白輕易過
流水有情，定靜微波

2013

後記：葉世強（1926-2012），廣東韶關人，1949年孤身來臺。生平不慕
　　　榮利，長年隱居山林海隅，古琴製作獨步當代，藝術境界大開大
　　　闔，嘆為觀止。葉老師與我有多重因緣，曾經共同隱居在灣潭，
　　　他住下埔我居頂埔；八十歲初畫展由我策劃，書寫藝術評論，協
　　　助整理作品檔案、畫語錄與年表。從傳奇藝術家行誼受益良多，參
　　　與週年祭，幽思一闋。

寒夜吟——為琴士莊洗送行

寒夜這壺酒為誰消瘦？
飲得飲不得皆張大了口

睡去如夢，醒來飼虎
兩岸大雪紛飛，中流一頁琴譜

陽光終古崢嶸，大地寒涼依舊
鶴鳴九皋，蒼天肅穆

　　　　　　　　　　　2016元宵黃梁敬書

後記：莊洗，本名莊秀珍，《鵝湖雜誌》創刊發行人，以筆名靜圃書寫
　　　文學評論，古琴師從孫毓琴先生，創立天穆閣琴社，2016立春前
　　　後往生。莊師2007年追憶：「黃梁不到二十歲就來我們家，經常
　　　的同吃共住，大家狂熱的要以純粹的心靈與廣博的人文精神，傾
　　　注於『創作者之路』的探索；而日常浸染的內容有：儒家經典、
　　　老子、莊子、唐詩、古琴、書法、古玉、茶藝、中西繪畫、歐美
　　　現代電影等等。我們就是栢世所主講的『小白鹿洞書院』的基本
　　　成員，在文化界既是核心中的核心，也是邊緣之外的邊緣，共同
　　　領受了因長期經濟困頓而來的精神的寒晦，也抵達自內在迸射心
　　　靈光芒的深刻洗禮。」莊師生活清貧，精神面貌始終如一，性喜
　　　漢樂府，誠接質樸之氣，文化體格啟蒙於我，感恩無盡，謹誌。

地誌

歷劫的愛情

猶如一尊聖石像
俯瞰世間男女
歷盡千劫的殘破手臂，貞定無言辭
唇之痛楚已冷
沉埋在海底的眼神拂來空寂的波光
愛之靈骨被封存在古磚塔裡
在黃昏餘光中等待情念之鑰
被重新開啟
藍鳥飛翔，停駐
瞬息把夢想與現實間的裂隙彌合
聖像之唇翕動微風
碧綠草坪上盛裝愛侶翩翩起舞
傾圮的紅磚牆綻放一叢叢含羞草
為狂野、含蓄、勇敢又荒涼的愛情圖像
勾繪出神祕的四十九層紋飾
喔！死生契闊，命運灰白的三尖塔
心與心之間空蕩著無法測度的迴響

　　　　　　　　　　　　　2001暹羅古城

安平海邊的薩克斯風

浪花日以繼夜勸說著……
幾顆灰不溜丟的沙
被難以計數的煩惱磨了又磨

一個放生旅鴿的閒漢
木麻黃樹下，抽根菸罷！
隨手放出飛翔的分身之幻

馬鞍藤豔紫色的波光
將烈日流轉得不安狂蕩
撩人般的眼線絲質的藍調

又射出一隻旋轉的陀螺
在天闊初生與人的茫盲眼目間
瞬間的愛情，消逝無蹤

木籠還有兩筆前世的債務
沙灘上踅來了野犬
人世就要在菸蒂熄滅後結束

吹薩克斯風的葬儀隊員上陣去了
海風的告解兀自糾纏誰的髮絲
長堤盡頭一輛鏽蝕的單車

　　　　　　　　　　　　2008臺南安平

邊境回看

I

在高古，白雲深處
向白雲說：掰！
說：久違了！
像冰一樣的心，白雲湧動
像佇立在一棟情感廢墟前
打開一道鏽蝕的門，進入
再打開另一道門，再打開……
無窮盡的門外之門，廢墟
包藏著廢墟，掩飾著心
雲海之上，冰晶花開落
仰望，是天界之藍的溫柔
心是空城嗎？
人間在低谷翻飛，無一刻暫停

II

夕陽，黃金打造的獨輪車
載不動別離的水銀

道路，一個盲丐
向一輛車，兩輛，三輛車
祈求破碗中銅板敲響的寧靜

路邊孤零零的站牌
下水道施工，暫停使用

這一站，無名之重
下一站，無名之輕

III
旃檀香，沉香，丁香，鬱金香，龍腦香，豹子香
薰陸香，安息香，麝香，焚香，塗香
不如冰清通透的翡翠凝睇
夢憶中冷香熏習

眼波流轉，淺語微顰，翩然迴身，三世搖情
不如胸無塊壘，荒山遙望，問心獨步
野徑犬吠時分黃土牆邊
木柵門半掩

IV

夜之奔，馬
迎面生死風沙
馬之眼，兩顆黑鑽石閃耀
誰在夢山掘礦？

日之奔，馬鳴菩薩
迎面盤山道
上山喜神結綵
下山經懺轉

日夜奔，人不靠
佛寺旁參天的菩提樹
山寨裡供錢的金塔
日夜奔人，盲

V

石榴花開丰豔，朱唇啟綻
如荒山湖邊霧，神祕動靜的眼波
熱帶雨林濕潤的呼息
掀開身體的沼澤
野象的心，出沒
穿越渴的邊境，啊！雙手掬起

狂野的清泉，坦蕩傾注的情話
纏綿奔騰如瀾滄江
曲流宛轉的擁抱
激石揚波片刻挽留
吻將飛翔，吻將停駐
在記憶築造的森森木屋裡
有夢想廣大的雙人床

VI
為誰初心嘹亮？
為誰不忍衷情？
苦竹之苦甘心飲食
為誰棄瓦傾城？
為誰大江迴流？
火烤蜂巢求蜜何處是歸途

2008西雙版納

他鄉石

I
他鄉石
孤獨這隻獸宛如嬰兒

麋鹿頭角玻璃家屋
玲瓏骨架老囚徒

香豔肉身
木然之心

少女即天涯
轉眼天光將息……

情意難決處
緘默如雷鳴

將進酒
夜已裸裎

正午之歌
以身體焚香祝禱的神

微笑眉目
歌哭表情

他鄉石吼
孤獨這隻獸蹲踞著

II
窩居于女人胸懷
憩息在酒唇之間

夢的階梯
上昇，也彷彿下降

如果光，應允前來
如果闇夜白燭點燃

舌燦蓮華
靜默石棺

光之刃
鑿穿孤獨的空，痛徹

為黃昏酹上一杯酒
為開啟的天窗關閉的心

美人，驚心動魄
使歲月哀號，不堪忍

憂于無憂
愛如昔，美麗如昔

抬望眼，千梢萬葉
綠色火焰點燃餘生

2008亞維儂

樂生療養院懷想

時代的病灶全擠進了這棟王字型廳舍
治療室邊，說故事的人坐滿寒森走廊
聽故事的一對男女猶未抵達，兩張沒有體溫的椅子
空白身體相互張望，夢的鬧鐘等待撥響

房子之外，尚未截臂殘肢的山坡，綠蔭搖晃唱著悼歌
「病毒的人間天堂，瘟疫的吻痕未乾」
林卻阿嬤七十載獨坐，羞怯似少女
新生舍傳來文章伯斷掌煎魚的香氣

煎鍋中烏魚翻來覆去，肉身的滄桑變化迅速
燒焦邊緣的歲月有誰在唱歌？喔，〈每天早上蟬在叫〉
貞德舍將被強制拆除，傳說還在編碼過程
藍阿姨床舖掛著絲帳，色調安詳光線柔和

年復一年，趕屍的人顛躓山徑
清晨的蓬萊舍窗外，老榕樹上又垂掛一盞燈
草草搭建的火葬窯，死亡痛得連夜啼哭
後山靈骨塔，烈焰紋身者親手來建造

棲蓮精舍依然每日誦經，身影簡樸木魚安定
佛龕雕芳草，自救會李會長苦心設計
佛言自度，詩人說此地即是淨土
「身是阿羅漢，心如須菩提」

凱達格蘭大道，六步一跪的彈塗魚
中山堂野草迷離的舞踏，黃蝶南天
學生開辦樂生社區學校，環島影展薪傳土地正義
被遺忘的國寶，啊，黑手那卡西

「全區保留樂生院」埋藏甕底
「樂園變妝廢墟」持續發酵中
荷重超載的地錨日夜哀號，樂生走山不是兒戲
病患尊嚴的抗爭只挽留了衰老，崩塌的土方即將回春

黃昏飄浮過來，聽故事的人走下山
誌異小說裡，一本繪圖的泛黃書頁幻現幾行字：
被一對男女溫熱過的椅子，穿越砂湧浮出歷史考掘的遺址
「等你回來」──「我一定會回來」

　　　　　　2006-2012新莊樂生院（被拆毀的漢生病聚落）

卷二

雅

眾神祈禱的綠　組詩

輾轉反側的異鄉人

記憶中交錯編織的
白日的黑影，與闇夜中的光

傾圮的時間裡，靜默
睜開了喧囂的雙眼

太陽像隨時會熄滅的五燭燈泡，孤零零的
掛在襤褸城市的天花板

兩隻右腳緊緊撐住全部居民右翼的床
左翼靠著兩根危微的尼龍繩懸吊

異鄉人隻身追尋內陸的海洋
恍惚掙扎在石牆上的光斑

冬夜公園

1

冰晶透明的絲綢
冬夜穿著它漫遊

揉搓剛哭泣的雙眼
街燈的乾咳聲無人聽見

嘆息者呼出的幽靈
或幽靈祈求憐憫的嘆息

舌根咀嚼生前最後的詞語
死後的靜默羅列成星河

哪一顆星是苦難的雙親？
遙遠的一眨可是歷劫的愛情？

樹葉寫滿了一封又一封私信
卻沒法寄往天上

公寓窗簾掀動透露微光
彷彿滅頂者伶仃掙扎的表情

誰來為站崗的公園樹祈禱？
晝夜盯梢發胖的虛無

2
被高跟鞋聲音刺穿的空氣
飄搖夜雨瑟縮的豎琴

亭柱邊兀立紅髮婦
將頭顱捧進雙掌的黑衣男子

溜冰場的燈光靜默狂歡
徹夜無人的舞會持續到天明

樹杪以奇怪表情搜索逃匿的星星
苦口婆心地勸說大樓們遠行

居高臨下的窗火口吐喪魂咒
小丑打扮的公園涕泗橫流

雨水打濕了枯葉少女
滿臉皺紋的菩提樹傳來阿婆酣息

為年復一年的嘲諷與屈辱
公園樹僵直脖頸向天祝禱

清晨的天空依舊昏迷不醒
通街走動低頭打卡的夢遊者

兩顆橘子

兩顆橘子漠然來到書桌
右邊這位保留果蒂和綠手套

這是斗室僅存的生命跡象
翻開的書頁幾行字腹語呢喃

四周擠滿神情冷峻的臉譜
要與他們談心可謂難上加難

桌燈閃耀渴望升值的錢幣銀光
投過保險的安全延長線笑斷了腰

房間裡烏有的人走向皇座
瀰漫烏有的潛入橘瓣的幻想

不會擠眉弄眼的安靜橘子
蒼茫之橙光浮現於臉龐

兩位友伴試圖挪近彼此
距離手攜手尚離併指之遙

香氣與甜汁正瀕臨潰散
猶如暗巷少女四顧彷徨

無止盡墜落的玄祕之死
不間斷飄遠的家園芬芳

大榕樹與我的問答

我想跟這棵大榕樹說話
不知如何開口？
不曉得名字性別手機號碼
沒法傳簡訊給他
我想成為你，日復一日煉金
洋洋灑灑的微笑慷慨飄落
沉默使你富可敵國，我
抬頭凝視不了多久
人文沉思的小腦袋不堪負荷
我甚至不明白你的臉望向何方
他恆變恆動嗎？一定
不然面目怎麼如此渾厚雄強
自然之愛想必深沉
你是如何挺過風雨交加？

感恩天地者收穫蒼茫
自然意識使生命顯得長青
擁抱彼此吧，穿越陌生界域
神的呼吸將注入人類的血脈中
歡騰奧義的心臟
來自大地之母共振的頻波

得到遙遠星空石英的校正
你是我的子民與尊王
當寂靜瀰漫大地書寫經文
念誦自己吧！揭露無始以來的光
讓心與心串接成念珠
視當下為一粒種子
拋棄語言的懸念，向內傾聽
誰以愛意調整物質並療癒了靈

夜間散步

近夜半，一個人散步
小溪乾涸，想像溪聲潺湲
滿足於圳溝水的聲音陪伴
一隻老實的大黃狗腳邊磨蹭

牠大概很疑惑，這個晚間出沒的人
在田壟間尋找什麼獵物？
檳榔樹的隊列從不凌亂
它們擁有一絲不苟的影子

路時明時暗，端看老天爺臉色
太上轟趴忽然場面激烈
不久雲天清澄，神聖氛圍降臨
誘人推理到沼澤地帶

人的心情有時而窮，路
終究也有盡頭
也會涉案逃跑，何況人
漫遊者在七步之內偷閒，偷歡

圳溝水沉靜地做夢
時而細砂，時而水草
遠上天邊的荒田彷彿沉思者
羞澀的處男子

山坳一塊墾殖地

山坳一塊墾殖地，樹林環繞
一個打赤膊的老伯伯正在翻土
如此孤寂，如此神祕

立定樹下觀望
生命被攪動出熟稔氣息
溫暖的歌者在血液中清嗓子

身體的泥，身體的胚乳
同時清醒過來，它們抖擻四肢
相互問安：好久不見

一隻蒼鷺轉動牠的長頸
將思想的優美與奧義，兩翼並舉
目光清明凌空遠去

天空恍惚掉落了幾個字
古老門扉橫栓嘎吱
漆痕斑剝，天文模糊

欲望種下時，沉埋有多深？
未來將誕生，到底哪副德性？
躬身揮汗者從不操心這些

回首林中小徑，蕭瑟氛圍的寧靜
已將人為痕跡抹得一乾二淨
眾神祈禱的綠

眾神祈禱的綠

方寸之地裡千萬顆造化的種子
每一顆種子猶如大藏經
將夢幻與真實兩面對鏡
每一面鏡像，閃爍明滅
黑水晶，白水晶
每一眨意念，猶如
劃過天際的流星

方寸之地裡天堂疊印地獄
誰也不相讓，誰也不屈服
殺戮殺戮，殺戮之地
不在內不在外
恰恰就在動念之際
不動念菩薩如來如去，伸枝佈葉
一呼一吸，眾神祈禱的綠

方寸之地的寧馨，睜開芽眼
方寸之地的靜穆，與光接應

2009-2021

雕刻　組詩

吸毒者的女兒

「不要碰我！」但混濁的風砂狂捲日子而去
少女的側臉，砂石車的顛簸背影

追逐風砂的女孩，受傷的腳踝
不得不立定於風砂中
任乾裂的亂髮如淚披散
蛋殼裡歪扭的病雛
「媽媽」……「媽媽」……
一個夢魘的片語飄浮沙塵
女孩不得不從離家的路上醒轉
回家？
暴虐迷幻過的髒花床鋪
隱藏裂帛聲
病雛呻吟爬出碎片
祖父烤焦老臉
祖母哀戚數落一生
時間的裂隙誰來縫補？
無人喚醒密室裡失神的男子
「不要碰我？」記憶殘留歪扭的唇語
風砂吹襲，日子翻裂
追逐風砂的女孩，乾燥的唇

混濁的眼珠，被渴念拉長的頸
不能從風石迷砂中脫逃的肉身
少女的臉，引擎咆哮聲，十輪大卡的晃晃車影

人肉舖

污辱人性的是什麼？子宮嗎？
人肉舖……但願不是

清晨九點被推開的木門
環河大道上車輛猛鑽死亡胯下
一陣痙攣，紅燈，車陣卡死的寂寞片刻
摩托騎士傾頭正要吐檳榔汁
路邊木門突然被推開
三個女人大腿雪白一字排開──「少年嘓！」
時間坦克輾過道路
朝陽亮烈血肉相搏，況有誰能倖存？
見鬼！叭──叭──騎士揚長而去
亢奮的身體屈辱的心，騎士今夜迴轉惡地
因嗜血而熟悉，休克也不在乎
滿街酒徒拉臂比肩
三兩盞稀迷的燈，人聲奇怪陌生圍成一圈
艱難望見：主持人手拿雞蛋
正要塞進一個無辜赧顏的少女陰部
夾好！命令的口氣，啊！什麼──破了！
幹伊娘！妳進去洗。（觀眾大笑）
少年騎士立時感覺陰莖被誰重重握住而發科

觀眾慈愛如保姆，景象怪異陰森
可憐少年少女只因羞愧竟又鑽回母親子宮裡
不敢再見人世
恐懼與顫慄，少年騎士躑躅道途
祈雨嗎？不！賣我一瓶安非他命
啞然如木，少年冤魂無家可歸
少女的家又在何處？

祭典的陶瓶

殘冬的油桐樹梢，人性的最後兩片葉子
風中囈語：索性落個淨光！

腳步聲，孤單傾斜的人影
行過荊棘叢
右手反握一枝玫瑰或匕首
牆後酒歌嘈嘈，麻將推牌聲
大地目瞽，道路目瞽，夜，目瞽
街燈下兩男子
被祭典膜拜的陶瓶啊！
生命中的血和著土，捏造，柴燒，窯變
被現實無情踩踏，人類命運的靴底──
右邊男子迅即亮出匕首或玫瑰
頃刻刺入左側男子腹部，轉出一道血口
小腸驚悸撲墜泥土地，俯身……
難以置信的手雕塑出陶瓶，不意翻落溝渠
生命的酒空了
惴惴不安，遍地冷冽的黃葉
隔日街口污濁的血塊，陶器碎片
女人淒厲哀嚎的聲音潛入地底
黑衣男子沉默清洗救護車上的血漬

祭典仍未結束
生命的陶瓶誕生，初出窯門閃耀聖潔
輾轉殘缺，疏漏
荒寒的歲末小村酒歌浮沉

一老婦與手推車

時間獻給她一把鋸子，溫柔地
令她們擁抱

天空鋸齒狀的雲朵，呆滯艱難地鋸向西南角
風屏息，悲惻的雙手攪動大氣
冷鋒冰鋸般的舌緣舔過平原
道路寒傖，無一行人
土磚屋，裂斷的大門邊一老婦
時間將來求索，她，毫不畏懼
推開門，走向手推車
那是她的熱淚，手推車不孤獨
上面載著──垃圾──，是的，垃圾
那是密語，嘮叨，慰安的唯一親人
老婦低頭疾疾走，她有三個兒子
鋸子撕過右耳……鋸子扯過左耳……
道路兩岸，歲月的石稜角泌出了血
她有三個兒子，確實，被虛無或女人帶走了
總比沒有兒子好……。回憶在空鋁罐塑膠瓶裡翻滾
她還跟她的手推車說了什麼？
花間蝴蝶繞過人面蜘蛛，冷顫的網
年輕時，老婦也吸食鴉片，門庭熱鬧，田業多廣袤

現在，風中失語，只聽見車輪輪轉聲
車軸歌詠憂傷，緩慢堅定地歌，幸福依稀如是
生命輪轉如斯！
鋸齒翻飛髮梢……鋸齒刨開髮根……
道路漫長呵！一老婦與手推車
麻木的天光盡頭，垃圾堆上浮現巨嘴鴉，嘎！嘎！
呢喃恍惚，天，暗下來

沉重黑暗的鐵

「崇高的人類啊！你露出本性來了，為什麼？」
一個瘋子歌唱……

四面牆，十面埋伏的鋼刀
陽臺積滿灰塵，鐵窗訕笑聲
信仰的空氣與懷疑的空氣在他胸腔裡互擊
劇烈，顏色不同，氣味不同
絕不妥協。為此，聖潔的靈魂
如今將要淪為盜首或瘋狂
哦，不！粗魯的空氣割傷了他的喉嚨
廚房，瓦斯檯上正在烘烤的雙手，掌紋焦裂
兩個女兒哭泣抓住他的雙臂，轉開水龍頭
爸……爸……求求你
神聖的青年背影倏爾一閃，急馳的雲，變化
轉形，啊，青春畫押在何方？
這麼多人在我身體裡穿梭，他們在撕扯什麼？
他空洞的眼睛望穿燻黑的記憶
搜尋，不復掛念肉身
不復晝夜，不復寒熱，不復人我，不復……不復……
呵欠聲，臃腫女人走向客廳電視
歲月拘提了乾枯的靈魂，肉體細細燒灼聲

白茫茫霧裡，男人削瘦的嘴角，抽搐
飄蕩在葉子落盡的幻覺樹林
不依靠任何一株樹
為心所苦，沉重黑暗的鐵

一對泥偶

風大且枯，癟乾了對話
屋簷下一對泥偶，日子的臉鐵灰

空寂的鄉村路，黑大衣，高老頭的煙斗長伴乾咳
隨意貼黏在風中，任風吹，恍惚移動了一格
太過墜入風景裡的剪輯，兩隻狗莫名奔走
擦過他的腳邊，老人猛然拎起念頭
拎起活著──寒村炊煙四起
紅木桌，碗筷，嗅覺染上了顏色
記憶裡的晚餐碎片
補冬的麻油雞酒，日子活絡絡……
多重聲帶混雜：爛醉前的髒話哭聲溫柔細語咒罵
高老頭鑽入矮泥屋，片刻端出一組鍋灶
蹲踞門口炒將起一份晚食
高老婦，半盲，佔據一生的廚房裡
半憑猜測，也炒熱她自個兒的一份
從窗外耳聞，聲音俐落
貼牆擴建了一戶新厝，兒子媳婦小小孩
家庭晚餐，圍坐在電視機前方
太過墜入風景裡的剪輯，兩隻狗庭院交媾
高老頭蹲靠門扇吃力嚥下，一個日子

高老婦坐倚門後的木桌旁，嚥下另一個
風大且澀，語詞枯黃飄墜
夕照別過屋簷，陰影冷顫……

枯瘤的樹幹

態度曖昧的第三者，為自己的侵略性所苦惱
忍受自我折磨的時間惡果，在幻想、焦慮與無能中

日子，鬼魅
近似人形，不可捉摸
於右手之右，死亡屈伸食指向西，下墜
哦，不，人形躍起雙掌拍擊，可憐傾圮之前
驚呼，瞬間握住了生命
將要來臨的，與逝去的時光合力拉住這一刻
靈魂的偉大顯影揭曉——
原諒我，只剩一個廢輪胎躺在床上
腦漿接受了這次血的大吻
虛幻的指令曾經指揮過這個人
現在，真實的指令迷失在神經末梢
假釋不了右手，左手，右腳，左腳
卻讓那個大渾球——心臟——逍遙法外
尿液滿溢出尿袋
噢，上帝喃喃自語，生命的程式太複雜……
也許我錯了，我有罪
一種深受壓抑的性感，黑袍整夜啜泣，發燒
枯瘤蜷縮的樹幹，痰，鼻管

給胃一顆子彈吧，給睡眠一顆糖
給沉默一條鞭子，讓謊言舞蹈
給歡笑水晶框，玻璃彈珠滿地滾轉
給情人一張大床，給恨小刀

　　　　　　　　　　　　　　1992-1998

刀砧

刀砧

生之樹五尺，死之樹五寸
五尺迎風招搖
五寸利如白刃

生之樹柯錯黃金，欣欣向日
死之樹柯鍛青銅，莫舞

珊瑚紅，歡喜
心靈憂苦，白化珊瑚
十色刀劍精神奕奕
肉體的刀砧

1990

白與黑

一堵白牆，白獵犬
一聲奇幻悲哀低鳴
牆隙疾行何物飄落白羽？
獵犬作勢欲撲
白牆永恆佇立，裂縫裡
時間白色冷靜的笑

世界的屋脊，黑貓
頂住整座天空弓屈著背
與黑夜較力
被孤獨攫住囁嚅不安的靈魂
唯有黑暗，顯出大無畏
以金箔緘封一切謊言

1989

一生

不斷地走進墳裡
又不斷地從墳裡躍出
歲月過去了
那盞燈仍然是幻影
肉身迷霧繚繞
七月：尖叫聲
八月：咒語
那深陷的坑依舊遍尋不著
九月、十月……
在喧囂中聽見腳步聲的人
不由得加快了些
帽簷更抵向前
在一年的終結會有節慶的鞭炮聲

1993

歲暮

夜雨好像停了
一個陡然失去伴侶的歲暮
癱倒在空庭
寂靜頃刻收服了大地
寂靜的懷中濕冷
已經永遠丟失的一年
況且聽不見當下足音
是誰緊緊扯住？
不讓它走完雨霖霖的一生
從歲暮的大罈裡深深吸口氣
病入骨髓的茉莉香片
樂曲最後的泛音
歲暮何故挖出雙眼……

1993

狂奔

死者繼續狂奔，滿頭大汗，水管滴漏聲
搓洗碗盤的手，續繼
死者奔向水晶棺
咽下最後一口玻璃，死勁扭出猥褻動作

髒水中的搓洗，死者繼續狂奔，滿頭大汗
奔回出生的下水道
水管滴漏聲，該用什麼堵住它呢？
火苗中繼續搓洗，死者奔向骨灰罈

1995

風景

黎明──一隻都市的大公牛
站立十字路口
因焦慮而氣喘，不能動彈
它的命運，暗鬱噴湧的血光
撫慰第一輛車，早安
千百輛車衝刺輾過它

大赦，因為死亡銜住我們不分老少
我們身上的轉轍器失靈
正午，冒汗的輪盤賭
醉人鮮紅的毒液，不，毒液之蠱
人擠滿在糞池邊，好大的糞池
夢中痙攣的巴士

心泥濘，蠕動，死魚眼珠
在黃昏的金色沼澤上
夜──垂下它的殮屍布
牲畜飲水槽邊
疲倦哀傷倒下去的獸群
酒汗雜處的地坑，沉默，空簍子

空蕩蕩的籠子
體內的碎肉，發酸，原封不動
精製的餡餅，死靈魂
血肉模糊，性的銼刀猛銼著鋸齒
愛，一條血鞭子揚起
抽入濕水泥

　　　　　　　　　　　　　　　　1989

塵土

I
陰影，冷顫
太陽血氣方剛
大街寬敞蒼白
無人

都踏青去了
屠夫凌遲那隻豬

II
惡意的善，非禮
雨後破碎的七面鏡子
富有的族人，貧窮的家族
小腳布裹在心上

未熟的荔枝
當街用色素染紅

III
但還不夠深
月亮蒼白的血一息尚存

雨帶來了反諷
寧靜如今屬性蕩婦

音樂的邊緣
血栓栓住了心

　　　　　　　　　　　　　　　　1994

未來之眼　雙聯詩選

山黑路靜

山黑，雲白得披麻帶孝
路靜，身體裡的夜市人聲鼎沸

還有幾里路要趕
母親的子宮博雅精深

廢墟之鏡

斷垣敗瓦面面相覷
歲月前後推擠故作呻吟

廢墟之中一片衣鏡
鏡中蒙塵之人背對著你

以暴制暴

豪大雨，不知如何終始
不明白它想說什麼？

剛從戒酒中心放出來
醉死路旁的暴徒

吸毒青年

臉瘦得稜角分明，鬍渣多
眼光裡的憂鬱螞蟻巢窠

渴望與你分享他的夢幻泡芙
街簷下一袋屍解的垃圾

敲敲井壁

星光與星光有肌膚之親
宇宙浩蕩維度無窮盡

敲敲井壁聽回音
每一日，井底的漫長旅行

死亡紀事

撒哈拉沙漠買火，阿拉斯加賣冰
他們都不是徐霞客的知己

送行者臉上掛著時鐘
每個鐘面的時間不一

自然一瞥

處女瞳灼傷你的眼
巨嘴鴉食腐的大嘴叼住兩邊耳垂

每一寸肌膚都滴翠的空氣
鼻梁滿青苔，羞怯的呼吸

自然之在

「自然」無處不在
現在，一個正在掉落的鳥巢

熙來攘往的車輪
卵殼、碎骨片、粉塵

戰地兒童

戰地兒童的血最蒼老
鎮日在死亡樂園裡拾荒

撿不完的子彈殼
總想從胸腔摳出彈頭

浮世繪

囚犯一車車押赴刑場
準時準點，心甘情願

狗樣地搖尾巴，請示上司
亂葬崗討生涯

夜路中央

一條狗躺在夜路中央，佔據死，可比死
獨坐生命的中央

拒絕讓路的死，忽視你，斜眼打呼嚕
任你滑向傾斜甬道

鐵絲通電

簡陋的圍欄，一張佈告：小心通電
鐵絲上的刺說著忽冷忽熱的笑話

牧場牛隻們打量你的身軀肉
默默估算市場行情價

再斟酌一杯

蕉葉枯黃，魚目死暗
燈管總有一天忽爾失去靈光

傾盆大雨喝垮了欲望釀酒廠
再斟酌一杯飲盡碎玻璃花

春風尚在迴車

春風尚在迴車，杏花已鬧枝頭
快走漫遊不妨害枯萎的速度

田野的稻荏扎入眼簾
詩人被文字施捨，再添佝僂幾多

杜甫

留得一錢看，比誰都富裕的清貧
誰家酒杯寬，便可將海水進行斗量

名豈文章著，大名鼎鼎之老殘
白髮不相放，偷閒在鏡中幽默一番

未來之眼

曼波魚超級巨眼躺在魚攤碎冰上
大海的美麗女兒被盜匪認養

我們的未來呢？我們的未來呢？
價碼高速流動投標人變幻手勢

2011-2021雙聯詩選

卷三
頌

時間的讚美詩

時間的讚美詩

峰頂的岩石

峰頂的岩石，正午
忍受自己的稜角

清晨

清晨的心
緩慢的音樂
似忽上昇，停頓
突然不可思議有鳥聲，在那裡

影子

日光下安眠的我的影子
野黑色的貓
恍惚叛逃數尺之遙

穹門下的貓欠身醒來
伸出記憶之黑爪
舔舐著

夜

夜嚙咬
一道月痕

睡眠

睡眠
皎潔的弓
詼諧的飛行弧線

1986

抽象

鎖

有人會來

時間

在直線中尋找曲線

精神建築

陽光再一次征服了我
微風，樹枝以小鳥為榮

最後的詩

死亡這小妞，衣服脫得忽快忽慢

1988

想像

I
想像蔚藍
果斷，成熟墜落的果子

II
蛋殼中蜿蜒的小路，睡著了

撈起幻覺的葉子，縱身一跳
拼貼成月亮

尋找黃金，飛行

1988

未來玫瑰

玫瑰雙葉雕塑玫瑰
渴慕生命之芬芳
奇美的玫瑰花苞，非關愛情

堅毅的玫瑰，沒有刺
莫以葉片之形思考玫瑰葉的無限可能
未來玫瑰……

玫瑰歌唱，汨汨酒泉不歇
晨炊之女啟發萬物
女性聖潔如此

1988

音樂的胴體

音樂，貞潔
神祕光滑的曲線上
一座尖銳多面的粗糙岩塊──
聽

冥想的手
幻覺的月光下
音樂的胴體纏綿起伏
因撫摸

1988

音色

I

鋼琴鍵盤上跳躍的骷髏頭
白色天光下凜烈揚起了黑髮
無數次悲泉狂奔向前
像極了一隻貓

無家可歸的即興之唇
哭泣
一簇枯乾的樂句葉子

II

雨中裸抱的雙魚
悲傷未完成的花瓣
箭頭淬毒的音符獨自訕笑
小象無知踩碎了花環

寂寞豔紅
我不能，黑暗收割的鐮刀

III

弦上顫抖的夢或黑蜘蛛
死與黃金聆聽
夜撩亂夜林
時間徐徐龜裂，琴身上
響尾蛇
滑行

緊閉的唇倏忽開啟
天亮了！

1988

月光

I

月光，摟住我，一隻金色的手
另一隻手舉過額頭，梳理我的黑髮

眸光中伸出的手，彈奏遠方連續的山稜線
歌，霧轉側千隻耳

漫天清冷大霧，傾聽
激射的泉，月光淋濕了我的臉

唇上燦爛的笑昇起翩翩雙翼

II

月光邊走邊唱，它的馬群──
森林，齊聲嘶鳴

銀色馬鬃飛揚
影子之舞，馬蹄凌亂

時間藍調的鞭子
一個人的形象邊走邊唱，雙臂揮舞吆喝

廣漠的黑暗，歌，人和馬

III
偷窺，躡著腳尖
月光輕輕繞過一對情侶

惡作劇，響起串串鈴聲
深情的吻跌入樹影裡

被月光亮片鑲飾，柔軟起伏的夜
祝福的神祕手指搗住了言辭

擁抱，大地之眉間閃耀貓眼石

IV
密室，牢不可破的黑
謊言的死亡遊戲

密室之外
誕生的血尚未凝結，夜來香

真實，花園的水晶柵欄
絆倒了蹣跚學步的詩

月光朗笑推開密室之門

1991

鳥聲

鳥聲這首象形文字詩
集合鳥部所有的語詞
鳩鳴鴉噪鶴唳鸝鴣
靜穆蓄勢待發

木魚點起伴隨清咳
眾神在空間殿堂坐定枝頭
幾聲梵唱滌洗荒野
簡單收拾萬物的雜念

鳥鳴四合煙花亂
無數的聲音白刃空際迴旋
一張大網灑向意識的汪洋
時間箭簇繽紛墜落

幾瓣花開轉動朝露
幾度蹙眉震盪垂簪
渾沌初啼，通透澄澈
光音切換，日出金色

2011

無題之八

就一條長街走到底
生死比鄰相親
雲在水上為僧
柴殺火堆作惡多端

雨剛下，蛙齊鳴
時間懷刀出生
塵埃靜美如童蒙
語言趕路尋找嘴唇

陽光在神的身軀裡沐浴
善哉裸體，善哉舞雩
天街歌詠詩人
暗巷吟遊流星

草原奔馬不如紙上狂草
鶯囀歌喉問道聾瞍
避靜于戰事前線
疾雨不急，無事可辦

2012

寫作

I

南蛇聞到熬煮青蛙香
尾鞭一甩，翻過花牆來

暮蟬千念轉……
死亡撥開土氣迎接偏光

II

蟾蜍夜暗，記憶背脊上
幾排凸疣毒素晦澀

蟄伏愛恨的草莽，數日子
致命之吻奪唇而出

III

烈陽當空照，眾目睽睽地裸
陰影羞愧難當

斷崖下棄置的便斗
諸神狂歡射瓊漿

IV
雨中雨，嘈噪舌含寧靜
眾鳥噤聲一子哭鳴

無明掄動祂的天錘
火星迸濺，鐵鉆明王如夢初醒

2015

君子書

菊頌

1

雲一樣的菊花
菊花般的雲
在飛翔的菊花之夢裡
築雲水之籬，栽不凋之菊
旭日初昇時
我的眼中放映兩叢黃金
暮色似佳人，恍惚動情
誰踏響了菊花瓣隱入歸途

2

端坐靜室裡，菊有出雲之思
荒山野徑，意念一枝隨風顫動

3

一念四十九瓣，菊花憶
牆傾瓦覆善惡轉輪
一念削髮，一念苟合
四十九瓣墮淚揮灑間
死門出入，生門開闔
採菊之手形銷

栽植之手骨立
一念淡泊，一念愛憎
一念四十九瓣明日復明日

4
不許嬌嬈，不敷脂粉
總在堪折之外
不近馬車，不落塵勞
自有莊重顏色
散步從容，行囊輕鬆
天涯忽然相會于朝露
遠山近水直入胸臆
吾愛樸之華

5
菊花服，菊花帽，菊花酒滌身
菊花對鏡清簡無袖
菊花房裡暫歇暗香
菊花滿眼，菊花鋪床
知音總是少於一句話
菊花瘦，聲音骨嶙峋

6

現在是殘菊幾點鐘？
夜如何更深闊，天河淺清
雨過佳麗不暫留
誰人菊花釀成了酒

現在是殘菊幾點鐘？
想念睡罷，不眠如何
杯中幾瓣湛藍幾瓣豔紫
活著，乘便流霞入喉

7

沒有人命令你
也沒有人阻擋你
天灰了
人也老了
夢花園裡殘枝敗葉
久久不聞腳步聲，木屋空冷
彷彿天外來信
一枝菊，拈著微笑獨立在窗前

8

難以著色菊花黃

鳥鳴安然孵化晨曦

雕刻無此精神

比裸體更含蓄

眼前一枝勝過遍野窮目

富貴誕生在寒舍裡

漸行漸遠的隱士

思維透明，牽動天氣

9

吞，遁入迷宮

吐，遨遊太虛

天風颮黑，地火洪烈，白骨作荒原

心輪轉，黃澄澄

猛獸渾身斑紋

誰來始祖萬物？

菊禪，大江大海不發一語

10

相對于老，我現在猶然少年

視死更衣，病酒為樂

萬壽菊枯萎在眼前

一萬個閃念霹靂雷電
相對于永恆，十億光年可以用指尖丈量
當下的心卻不能歸止
瓶中菊自制輓歌：
大願，是捨得
大行，是愛生

11
一盞燈籠安于沉默
懸在東籬邊，也掛在書齋前
菊花沒有年齡
少女、老嫗、壯士、嬰孩都是它
不喜不懼，不矯情不干譽
度千歲如一日，一眨眼
暗夜行吟忘乎所以的詩人
清寂合掌，微光明滅

2011

梅譜

流星迴雪，遺容一瞥

野梅

荒野埋藏於古甕
雪，睜開眼睛

虛空聿橫斜
書今生遺世之簡

太白獨酌黑暗
將心酌醒

擁抱檀心憶舊香

涼寒侵
參疑情而落葉
霜白庭院
煩惱三千，歡愛三千三
野狐來階前卸下面具
卸下，人與獸之別
草木之生生等同無生

苦，何嘗新？何嘗舊？
代遠年湮之憶，澡雪冰心

骨格

棄繁花之辯
離枝葉扶疏
立慚愧之崖岸
提無可言說之證詞

愛憎一目暸然
銷形，骨上鏤刻

墨梅

落子虛白處
墨梅一張黑臉
詩眼藏得極深密
經書一樹，菩提
在不能相猜處現半目
子夜歌唇啟
梅朵五瓣銀子似地聆聽

彳亍行

彳亍行
徜徉在枝梢，幾句話
猶有含苞未放的意思
羞於相逢，道路已沉淪
既濟未濟之允諾
一隻寒雀經過不暫停
素書方寄乍見梅影搖落

今之古人

汝是誰？誰栽植你？
將耐霜本色培育成今之古人
慘澹經略的書齋
晨起練字
向東昇旭日討教《易經》
學「不畏烏雲蔽」
革除「成名要趁早」的惡習
樛曲老鱗皴
高枝盛放於于歲暮

鐵肩

鐵肩不識哭與笑
冷雨冷香偏作寒箋寒字

若有情若無情
含苞欲開盛放將殘共集一心

如何息目以安神？
敢將素馨從大夢喚醒

凝視

鬥雪於枯寂園庭
（誰在最後的青枝上遲遲苦吟？）

冥想之白自我流放
（綠萼凝視你教人無地自容！）

寒白一枝

大限紛飛
寒白一枝
默默承當今生的冰霜

窖藏紅塵半句詩
罪香已釋放
罪德正輾轉

振衣於荒村

欲飛不飛之姿
將開未開之態
不炫耀有生之殘敗

不奉敕，不經營遠志
不豐腴，不驕奢作態
永離園林褻玩

振衣於荒村
自負清瘦
一張破紙頭上隨意蒼苔

何須估價愁苦
徒勞迎送歡樂
夢老不堪寄，落花臨斷崖

2015

鏡中村落

鏡中村落

第一章

臺灣水青岡林下，請隨帝雉伉儷走一程，
薄霧中的上古苔原泥炭蘚，正在對你低語，
大理岩千層派，從太平洋隆起為清水斷崖，
葡萄牙航海家驚呼：福爾摩沙！福爾摩沙！

氣候變遷冰川融化，陸橋消失海峽再現，
六千年前，南島族群從島嶼西南上岸，
狩獵山羌梅花鹿，踏查阿里山日月潭，
疆域族人，守護獵場，部落頌莊嚴芬芳。

天啟四年荷蘭人在大員登陸，建熱蘭遮城，
幾年後下淡水，陷雞籠，意圖佔據全臺。
一六六一鄭成功克鹿耳門，揆一黯然獻城，
二十二年後清將施琅入東寧，鄭克塽投降。

康熙年間〈渡臺禁令〉頒布，六死三留一回頭，
人民踰大甲溪北上，非有官照不得行。
雞籠社總通事賴科，晝伏夜行探訪後山，
福建火藥局失火，成全郁永河北投採硫礦。

「鴨母王」朱一貴亂起，閩粵交攻拉開布幕，
六堆義民在萬丹庄會合，護鄉有功。
泉漳械鬥起因搶地爭水，
頂下郊拚為了商業利益。

一八七五年沈葆楨奏請清廷，添設一府三縣，
臺北府管轄艋舺，噶瑪蘭廳改宜蘭縣。
破曉時分法國軍艦砲擊滬尾，至今留存彈著坑，
艋舺少年奉清水祖師神像，疾馳淡水抵禦外侮。

臺灣割讓既定，能久親王率近衛師團自澳底登陸，
開放臺北城，砲擊八卦山，火攻蕭壠社；
可憐蕭壠十五歲以上男子皆慘遭處死，
廣安宮將軍府至今奠祭兩千共亡英靈。

一九一四年太平山發現立木高聳的扁檜群，
天然林、伐採地、火災區、崩壞地，交互演替，
曙鳳蝶飛出綠林的那一刻，
魂牽夢縈，鹿野忠雄睜大眼睛。

鋸材場作業狂熱，寬尾鳳蝶標本價比黃金，
三段流籠索道搭配四段蹦蹦車，
森林處女之瞳漸漸看不清自己的面目，

霧起霧散，翠峰湖衣衫憔悴。

二二八事變，湯德章拒絕交出地方自衛隊名單，
拯救臺南青年上千人，奉獻自己一條命。
一九四九年五月陳誠宣佈臺灣地區戒嚴，
年底蔣介石父子乘坐專機，從成都飛抵臺北。

《民報》社長林茂生被「密裁」，下落不明，
名將孫立人遭解職，軟禁三十三年，
雷震創辦《自由中國》籌組政黨，判十年徒刑，
李萬居喪失《公論報》經營權，無名火燒燬住宅。

鐵杉巨木摩天的埤亞南社改名南山村，
如今種滿高麗菜，雞糞遍地蒼蠅遮天；
俯瞰櫻花鉤吻鮭在七家灣溪優游，
遙想冰河時期臺灣與東亞大陸連成一片。

「全球瀕危現象」意欲何指？
紫蝶幽谷漸漸消失的生物奇景？
被莫拉克風災摧毀的魯凱族石板家屋？
還是時光幻變下奄奄一息的翠綠初心？

玉山風口剽悍凜冽的瞬間風暴，

曾經奪走無數登山家魂魄；
南湖大山的冰河圈谷擦痕散發異香，
讓過往者與未來人放下猜忌一體迷醉。

無知於起點與終點的我，彷彿白晝發夢，
故鄉與他鄉的界線長年混淆不清，
給我一個命名罷！一個身分，
主體從幻境中甦醒不再縹渺難尋。

要找一塊沒被擾動過的土方已不可能，
以虔誠的姿態躬身手播，栽植根本，
養護你的自留地，讓生機永續，
「原生種」由圓滿的土地之愛來定義。

莫氏樹蛙綠得像似心靈一口深井，
臺灣藍鵲藍得彷彿青天之額在飛行，
八色鳥流星一溜煙，詩章不可求，
高山飛瀑，深谷激流，盡皆我的知音。

祖祖輩輩從鏡中村落走進走出，
千百年孤寂的身影忽暗乍明，
他們每一個人或許都是我，
面向四方膜拜，祈求蒼天庇護。

第二章

這些人都會死去，包括我。

當紋面人配刀闖進門，頭頂籐籃要求以物易物，
移民村日本小孩嚇破膽，大人咬緊顫抖的牙根。
內山出大水，低矮的臺灣村漂流殆盡，
巨流慷慨繞過土地公，好讓金身顯得仁慈。

人心再度聚攏，依靠夢的指引：
靈火青青，三列並排，向北……
老人家說：聽神明的指示，跟隨祂搬遷。

漲流帶走了肥沃土膏，留下卵石累累，
家園不過一艘船，生存的本能是船槳，
日本部隊南向進出，福廣移民自西徂東，
菲律賓巴丹島民順流划向紅頭嶼。

國共混戰令山東青年娶了太魯閣新娘，
安徽籍的大陳部隊軍官在海岸山脈開荒。
出生香港的戰爭孤兒，流離廣西救濟院，
輾轉落腳花蓮當起客庄警察，
菸樓內烤火籍貫揮發，天南地北聊通宵。

這些人都會死去，包括我。

甘蔗林上方一團雲柱直衝天庭，
甘蔗工心存感恩，關老爺又出巡！
「第一憨，種甘蔗予會社磅」
子夜牛車上夫妻倆說故事壯膽。

萬里溪湧來內山柴，煮飯燒水最妥當，
浪花細語絞成鐵鏈一串又一串，
人溺死不打緊，莫教好木頭白白溜走，
夜半摸到流屍千萬別驚慌。

逃難的記憶？遷徙的記憶？開荒的記憶？
殖民者倨傲的鞭影，被殖民者牛馬身軀；
歷史座標如何安立？
生命的坍塌從哪裡開始？

被刀割傷的心腸，吞吞吐吐的話語，
在槍聲構築的記憶牢籠裡幽囚。
「皇民化」比「中華民國萬歲」好嗎？
「和諧」比「河蟹宴」好嗎？
「草泥馬」自身難保，
「福爾摩沙鯨魚」還在浴缸裡敲肚皮。

月亮今夜又東昇，一張破銅鑼，
這些人是祖先還是後嗣？頭家還是奴僕？
我是故事中的哪一個角色？
誰能退出這齣戲？戲正鬧熱欲連臺。

有人天未亮便起身幹活，
赤足走上三里路，豬菜兩肩挑，
五歲燒柴煮飯，七歲賣身做童養媳，
看牛吃草的牛乞兒，跌下牛背窮得哭不起。

瘧疾比戰爭溫柔些，殺戮可以不必流血，
阿公常常講：古早的人活得真不值！
現在的人心糊圾垃，貪字遮目不管好歹。
甘蔗葉做屋頂的木板房，夏天涼爽，
菜園裡穿梭田鼠、野兔與山豬，
一不留神通通啃個精光。

家家戶戶點煤油燈，吃圳溝水，
火葬場簡陋，乾柴烈火省卻棺材本，
鬼火房子那麼大，半夜跑得飛快真駭人！
恰似死不透的魂魄──活人死後的懺悔形式。

這些人都還活著，包括我。

「沒吃黑豆如何叫他放黑豆屎？」
灌臭油，坐冰塊，
劊子手來要子彈費的日子悄悄逼近。

斬頭需要一點功夫，
被斬頭需要準備一段脖子，
軍機轟炸過後醬油缸裡發現人肉塊，
戰爭沾著醬油饕餮我們。

竹搭便橋又被水沖走！
水的歷史寫在水底，人的歷史寫在風中。

會放不會收的蠱毒，生命啊！
想要遠離愛的糾纏是不可能的，
風颱的轉速誰知道？從哪裡登陸？
意念時時刻刻垂釣人心和宇宙。

種下一棵樹，收穫兒孫，
野獸兇猛開荒拓土；
種下一面鏡子，收穫臉，
鏡中村落究竟是誰的家園？

第三章

生老病痛，節氣變化，
春雷第一聲，規條溪的毛蟹反輾轉；
擋水壩造了後，害得阮歸鄉路斷，
剁做兩片猶閣生龍活虎的鱸鰻，嘛絕種。

有路無厝的腦丁親像蜜蜂，
本地樟仔剉盡，趕往他鄉試斧斤；
龍眼林芳貢貢，虎頭蜂結規毬，
木蝨叮蛀蚤，土菝仔損紅柿。

一七二二年官府咧山路口徛起界石，固定番界，
臺灣道楊素景，大規模起造「土牛」和「土牛溝」，
漢人愈來愈濟，民番的界線愈畫愈深入，
太魯閣、布農大遷徙，南北二路盤山過嶺。

你敢知影「琉球人和牡丹社事件」？
船難者上岸拄到大耳番予人鏨頭，
賰十二人護送到福州感染天花，
清朝大臣將「化外之民」置之度外。

日本國出兵討伐番地，「石門之戰」付出沉重，
戰死二十人，病死六百外。

頂顢的滿清雄雄展開目睭，
開發後山建設三路，漢人順紲移民東部。

六階鼻改名YAMASAKI，YAMASAKI換作山興，
地名的魔術一變再變，
北路羅大春提督佇遮屯兵，
日本人設派出所，阿美族拍鳥掠魚。

古早是兩隻黃牛牽四輪牛車，
紲落去蒸汽火車吃水哺塗炭，忍氣吞聲。
自家用的跤踏車真時行，貴重無比並，
性地真正鐵齒，宛然古早的紳士。

一九二七年鳳林庄起造頭一間兩層樓，
藥房生理興隆，偏偏人丁不旺，
收抱三十名養女的陳細妹法相端莊，
家己孵十五胎全數夭亡。

農民組合對鳳山起源，臺灣民眾黨成立佇臺中聚英樓，
改變制度抑是制度內改革？左右為難相拍電。
蔣渭水大稻埕開藥單，欲醫本島的重症，
日本官虎為在地人節脈：「貪財、驚死、愛面子」

聽老歲仔講起，番薯藤會使做褲帶，
食番薯簽大漢的阿伯，講著番薯伊會姦撟；
託鄉親的福，咬薑啜醋會使補精神，
客家阿婆透早跍咧路邊販賣一條老命。

佗位辦桌遮爾豐沛？風颱食煞地動續攤，
這寡是啥物人？命運蓋離譜——
原住民、河老人、客人、外省人，
國民政府無款無制，五湖四海的喙攏共紩起來。

民眾攑起三欉香，迎媽祖，拜天公，
濟公假悾顛予意識暫時隱遁，
少年輩「世界野球冠軍」推廣做全民鴉片薰，
只賭楊麗花、史艷文，出力搬戲予人呵咾。

一九七九年，國際人權日催生「美麗島事件」，
隔轉年「林義雄滅門血案」，便衣抽出利刀，
白色恐怖的世代已經壓制袂牢，
黨外街頭運動修成〈臺獨黨綱〉的正果。

當年的我嘛真躊躇，敢愛遮爾極端？
請諒解！智識封鎖之下百姓的悲哀，
親像迷魂藥的黨國教育天天二十四點：

「反攻大陸解救同胞，三民主義統一中國」

「519綠色行動」發生佇一九八六年艋舺龍山寺，
主張解嚴的群眾和千幾名警察對相十二小時。
「國民黨不能逮捕到我，只能夠抓到我的屍體」
行動思想家鄭南榕為言論自由引火自焚。

「一个中國」想欲孝孤「一爿一國」，
阿共仔弄布袋戲文攻武嚇，一日到暗捙跋反；
臺灣擔仔好食閣有額，名聲通人知，
哎喲喂！逐家攏想欲拆食落腹。

鄉鎮興衰有時，國家成毀有時，
桃花照鏡結子自然成，
毛蟹我捌抓過，鱸鰻我嘛食了矣，
雷聲再度響起我不再少年。

寶島風火之宴若像免錢飯，
毋捌棄嫌千萬子弟，毋捌慢待百岳群英，
毋過我虧欠爸母有苦難言的一生，
釘根臺灣，咱趕緊來下願，臺灣開基！

　　　　　　2012-2019，一二章華文，第三章臺語文

振魂曲

恆河有沙恆河無沙
宇宙有沙數恆河沙數有無
人間有沙數恆河之沙的罪與道德
愛蘊藏在何方？

恆河有沙恆河無沙
宇宙有沙數恆河沙數有無
人間有沙數恆河之沙的和平與戰爭
公義幾時伸張？

現實的大象夢境的大象
田園的大象雲端的大象
一齊踐踏心靈的殿堂
一齊踩壞黎明的秧苗

如何舉起大象這枝香？
如何敬誦大象香讚？
悲傷啊悲傷請你縮小！
願力啊願力請你放大！

楊榮喪妻桃花過渡
哀樂輪轉秋復春
清明苦艾草中秋桂花香
明月當空誰人無心腸？

一枝草上一點露
一桿秤仔走遍天下公道路
行路難路難行
敞開心門放眼四方

緬懷故去的親人
慶祝新生命降臨
點燃一根一根寧靜的白蠟燭
嬰兒綻放天闊笑顏

從墓地的漫步中巡禮歷史
死神襤褸亡靈雀躍重生
記憶的種麴釀造醲郁的芬芳
每一個肉身的酒杯都得到慰勞

軍國狂犬日積月累的鐵蹄蹂躪
流氓豬仔過境式的蝗災洗劫
買辦官僚光天化日下利益交換

威脅利誘之網罟閃現特務的眼睛

百年大雪掩埋了幾許黑髮？
百年荒原考掘出幾根白骨？
鍛燒仁人義士的時代可曾渺遠？
鑄造腥風血雨的集團方將來臨？

鏡中碎片總是無賴而蒼涼
鏡子自身卻依舊完整
見證者的星光從未來返照此刻
失憶者的過去又被重新喚醒

苦難的島嶼植物豐茂
臺灣桫欏鐵炮百合三醉芙蓉蝴蝶蘭
甜美的島嶼胸懷異端的佔領者
西班牙總督荷蘭新教徒明朝愛國者清朝水師

番薯腳步要如何裝上芋頭表情？
賭債押給大和民族逃難移作安樂窩
芋頭心情裡可有番薯的甘苦？
今天一國兩區明天統一共和

國家暴力導演兩岸的太虛幻境

黃金藥湯裡人骨碎片沉浮
全民族利益？為人民服務？
革命反革命壟斷了普世價值

仰觀流雲天上飛翔的馬鞍
俯瞰江河水底疾行的車輪
意識形態宰制一切的超階級怪獸
敢問是理想主義者精神的寄託？

臺灣水牛溫厚而刻苦
田野的白鷺鷥自在雅致
豈能哭腔配米粥一日三頓
也毋需夜猿披衣假裝做人

聽祖母繪聲繪影日本警察的武士刀
父親畏畏縮縮地講起白色恐怖
「臺灣文化協會」雷震《自由中國》
黨外美麗島事件野百合學生運動

樂生療養院的病患一生受盡歧視
弱勢者家園毀壞的泣聲餘音斷腸
分辨善惡的無花果恆常飄零
殘傷的子宮啊！孕生的願望長久落空

口沫橫飛的單腳學派痼疾嚴重
翹首西望的暗地相思沉痾難療
滿山濫墾沖煞崩落的土石
遍野荒田猶如敗家子

鬥爭菌還在超級米糕裡發酵
安逸草隨風飄搖著海上碗粿
國境邊陲究竟定位在哪裡？
人的邊陲千萬年來也只是良知

良知到底有幾兩重？
白襯衫浸紅了青年鮮血！
染患梅毒的私娼惡臭的膿瘡！
夜半驚醒時良知這個小孩會奪獄而逃嗎？

為雛妓擦洗階級潰爛的郭琇琮被槍斃
楊逵從心坎發出〈和平宣言〉坐監十二年
簡吉在農村散播「反壓迫」的歷史種籽
賴和寫「牛馬生涯三百年」拈出悲憫精神

臺灣百合純潔的裸肩
石榴花開少女赧顏

自由長著一張誰也不認識的臉
微笑從遠方歸來踏進家門

先人歷盡艱難的開荒拓土
稻穗尖尖上滿盈希望的露珠
樸實生活，深耕勤讀
誠心即是芳草地觸手成春

亞細亞的孤兒亞細亞的方舟
你何時能獲得一個完整的人格？
身體記憶還是他者的書寫
誰能脫離現場？戲劇何嘗落幕？

誰來測量苦海的深淺？
開放吧！詭譎奇幻的地獄之華
快快覺醒！歷史的腳蹤
從時代的沼澤救拔怯懦的靈魂

恆河有沙恆河無沙
宇宙有沙數恆河沙數有無
人間有沙數恆河之沙的慈悲與智慧
愛誕生在每一個意念之中！

恆河有沙恆河無沙
宇宙有沙數恆河沙數有無
人間有沙數恆河之沙的歡樂與悲苦
陽光無私共榮群生！

東方的大象西方的大象
傳統的大象現代的大象
一齊膜拜豐饒的土地
一齊呵護聖潔的種籽

悲傷啊悲傷請你縮小！
願力啊願力請你放大！
平安喜悅常在勇氣奉獻常在
福爾摩沙福爾摩沙寧馨的家園

　　　　2010-2013，選自《小敘述　二二八个銃籽》

卷四

詩的思想

渾沌知識　十五章

一、詩是什麼？

　　詩是什麼？詩是語言探索的先鋒，百代傳承的「太古的土壤」，使人文耕作成為可能；詩光耀生活擦亮心尖，啟發「靈性的自我覺照」；詩引導人性安然返鄉，傳授最根本的「家庭教育」；詩乃世界生成的基礎，是「創造性自身」。

　　在人性解離、價值懸置、心靈失語的時代，詩的聲音正在艱難地誕生！尋找敬畏天地撫慰心靈的詩篇。確實存在著現實視野以外隱蔽的詩歌場，生活在社會邊緣的詩人，以詩篇為文明的礎石：「人性與道德」提供見證，透視時代的迷霧，闡發人性，想像生活的願景。尋找還原人性、見證歷史的詩章！

　　詩人在喧囂的世紀傾聽寂靜開花的聲音，守護生活原初的氣息；詩人在發出恐怖噪音的歷史車間摘下面具，掀開時間的裹屍布，驅除咒語的遮蔽重整記憶；詩人兼具隱士與革命者雙重身分，隱士在美學中生活，革命者變革自我與他人。詩人以詩歌隕石般的能量穿透現實的鐵牆，向曖昧虛無的當代語境挑戰，以詩章界定理想，捍衛人性尊嚴。尋找守護核心價值、啟蒙人心的詩人！

　　詩是廣大的心識，愛是純淨微妙的呼吸，摯愛自己的性情，等同于摯愛真理；回到萬物始生之地，比初心壯闊，但願詩的文字是愛，令五濁惡世清醒，有情人間安息。詩人究竟洞見了什麼？我將開口說話，第一句話：「光明正大」。

　　詩之終始——莊嚴生命，莊嚴大千世界。

黃粱寫于碧潭　歲次戊子

二、詩與詩人

　　詩是一道上騰的香煙，在氤氳儀式中詩人歌詠兼舞蹈，借助歌詩與願力將人間的祈禱上達天庭。詩是無始以來的存有之光，瞬間照亮生存的黑暗，詩文字如巫祝開示的神祕圖象，蘊藏生之奧義。

　　詩的語言是一道人文符號的柵欄，語言背後隱匿著想像的花園，唯有推開柵門才能發現詩意的家園。詩的語言是指引方位的地圖，勾引審美想像瞭望天涯明月，催促你挖掘心靈的寶藏。

　　詩具備雙重超越的特性：超越現實框限——詩的視野專注裂隙觸入真實，突破現實經驗的邊界。超越語言框限——詩的語言超越單向度的語意指涉，借助實存顯影虛無。詩的文本實踐：寫出像「生命」一樣的詩，發現生命本蘊的神聖性。詩的生命實踐：無所畏懼地活出一個「人」，提昇精神人格，實踐價值理念。

　　詩人，與詩之本義契合之人。在詩的意念與詩的行

動間了無縫隙，在詩人意識與詩歌意識間了無差別；呼吸自在動靜一如，行住坐臥即是詩篇。

詩之志業，探索審美精神的奧義，開拓世界圖像的邊界。

三、太古、太和、太初

古，經時間之淘洗，歷萬劫而沉澱，超越個人性的精神人格。古之極致，謂之太古。

琴，純粹的精神性運動，不干擾，不利用，將此時此刻凝聚成曠古渺遠之境。寧靜致遠的文化質感，內面空間的建築造型，琴聲者，無為無我的太古遺音。

詩，文字有太和（虛實呼應，和諧一體），文字有潤澤（筆墨含情，聲韻和律），文字有靜穆（獨立三邊靜，精神始出），文字有光華（連天接地，葆藏啟蒙之光）。

太和者，身體與心靈合一，造型與質感合一，琴聲與琴人合一，詩與詩行動合一，無蔽障無嫌隙。

詩的體格：詩中有魂魄（個性不是魂魄），詩中有性情（欲望不是性情），詩中有精神（意志不是精神），詩中有乾坤（結構不是天地）。

詩的聲音：思無邪，詩的聲音永不偏斜直指人心，穿透內外框限，呈現「真實」的本來面目。符應心靈守護真實立定詩的初衷，詩之本色。太初之詩，歸宿根源。

純詩，回返太初之詩，生生不息宛然嬰兒；詩人消

溶於詩，誕生了純詩。非定向書寫策略，非定向意念波動，將純粹心靈供奉上靈臺；道出不可道，說出不可說。

四、詩的自然力

　　何謂「詩的自然力」？在詩歌的創生過程中，詩人的「創造意識」、詩篇的「文本意識」、天地運通的「自然法則」，相輔相成有機連結之力。一方面，詩人企圖在詩篇中建立類似自然的和諧秩序，生機盎然意態萬千，另一方面，創造意識與文本意識內蘊的勢能，又被無形的自然法則影響產生相應的變化動能，我稱呼此現象與法則為「詩的自然力」。當詩人的創造意識願望賦予文本與自然相應的獨特形式，詩人意識被天地運通之力潛移默化滋生自然意識，與自然法則形成精神同盟；同時且同質，文本結構被創造意識孵育轉化產生獨特自立的文本意識；同時且同質，文本意識反饋創造的契機，催生詩人身心靈轉化而精神昇華。

　　詩與其他文類不同之處在於：詩歌創作是一場創世排練，在語言有機生成和詩歌空間自然茁壯的創造歷程裡，詩人、詩篇與天地萬象進行無形的交流對話，創造意識──文本意識──自然法則三方交互運動，激發蛻變與演化。詩是比「物質存有」更純粹豐美的「精神存有」，是創造性自身的顯化；這是「詩」能歷經百世而不朽，成為人類文明核心礎石的根本要義。

　　詩的自然力具備三種特性：一、它是生命本生的內

在動力，不為任何外在條件所轉移。二、它的能量波動（勢能與動能）同時朝向所來處與更高處。三、它具有復元歸本之力，能對生命產生啟蒙與轉化作用。

第一種特性的核心要素是「詩直覺」。詩直覺是一種能與萬象本質對映的知覺能力，詩人依此能力而領悟到「本質知識」──通過純粹直覺而觸入的事物本質特性。因為詩直覺是生命本生的內在動力，認識本我並接受自己的啟示方才可能；它不需要外在條件的支撐，也不為任何外在條件所轉移。詩是直接知識與根本智慧。

第二種特性的核心要素是「初的詩歌場」。「初」懷抱所來處：心之初萌、土地家園、文化傳統。所來處是生存的根基，人在人間的皈依處。「初」關涉更高處：美的原始、自然法則、聖潔精神。更高處是對生命之信仰，相信生命本來圓滿具足。詩的能量波動，一方面向所來處心靈溯源，一方面向更高處精神仰望。

第三種特性的核心要素是「決定性經驗」與「整體性價值」。前者停頓世界，後者重整世界。復元歸本之力，一方面讓一切存有物，復歸其美，復歸其位，心靈啟蒙隨之誕生；另一方面能在剎那間重整價值體系，解構個體的認知框架，拓寬存有的視界。

詩的自然力，將「詩」與土地家園、文化傳統、天地、生民、美與信仰，相互映照連結，而形成具有「開放場」特徵之人文生態網絡：一即一切，一切即一。一首詩，其底層必連繫於廣大根本之文化場域；一首詩，

其視野必超越小我之觀想而涵蓋乾坤。

　　詩篇創生的「開放場」過程，首先是拆解語言符碼約定俗成的概念化牢籠，而進行修辭性的文學變形，程式化的身體被賦予造型功能的解釋現象的能力，而蛻變為解釋性的身體；詩的原生性能量與願景和解釋性身體進行更深層對話，再度摧毀語言符碼的修辭陣地，催生「語言的詩」之創生與身體的「詩意轉化」，詩人與詩篇同時幻現聖啟之光，回歸自然生生不息的懷抱。

　　詩的開放場特徵為，充實著「語言的詩」和「詩化身體」之能量與願景之詩歌場；詩、語言、身體三位一體，相生相盪。在詩的開放場域中語言符碼澈底轉化為詩的符碼，使詩篇中的語言產生開放與連結之動能，煥發跨越時空界域之詩意迴響；詩人因承擔詩歌空間之創造性重整，身體也同步砥礪，更加豐美而盛放。詩是一朵身體的蓮花，語言是花瓣。

　　開放與連結之動能使詩歌場形成一個有機生成，互為主體之對話場域；開放場無蔽、原初、變化之精神特質，開啟「詩」無端、無終始、無盡藏之大美。相對於語言場是現實指涉與現象詮釋的框定性容器，詩歌場詩意地言說像似夢境中的花朵含苞待放的想像歷程，故詩之生發、運動與影響，不知其所來之，取之不盡來之無窮。

　　詩的自然力如是神祕與神聖。

五、詩與思想

　　「詩」遵循一種尺度與精神而孕育，「思想」遵循
一種尺度與精神而孕育，詩的尺度精神與思想的尺度精
神是一種還是兩種？如果完全一致不會產生兩樣結果。
「詩的思想」又是什麼？是關於詩的知識嗎？按照古希
臘哲學家亞里斯多德（Aristotélês，前384－前322）的認
知，知識分為三種：理論知識、實際知識、文藝知識；
探討知識有共同的有效推論方式：理則學（Logic），藉
著它才能對思想本身進行分析。但「詩」不是可以定性
定量的知識，而是一種變化無常的渾沌知識，運用理則
學能增益對於詩的現象之客觀認識，不代表思想者與詩
拉近了距離；思想是思想詩還是詩，兩不相干。「詩的
思想」是一件相當棘手與矛盾的存有物，正因此，應運
而生「論詩詩」，以詩證詩。

　　按照理則學方法，毫無疑問能產生「詩的理論」，
以及運用此理論進行分析歸納的詩評詩論。但能否倒推
論證，運用此理論進行詩的書寫，孕育一首詩意迴響無
端無盡藏，詩歌精神跨越文化與時空的詩篇？答案很顯
然：不能！因此我斷言，「詩的理論」與「詩的思想」
是不相干的兩件事。「詩的思想」是詩的自我鏡像，是
以詩鑑詩的詩的經驗，一種潛能的開發；「詩的理論」
是思想的投射鏡像，是以思想辯證詩的思維結果，一種
設想的完成。

　　既然無法按照既定理論進行詩的書寫，遵循理論規範寫成的詩評與詩論也是可疑的；但學院派的詩學研究與詩歌評論堅持要這麼幹，他們摸來摸去的是受限於框架的詩的理論而非詩的思想，在「詩」的裝飾上做文章。

　　「詩的思想」的必要性何在？它最初立足點是自我啟蒙的需要，是詩人對於詩的經驗之再創造，因緣於他渴望理解「詩」的奧義。「詩的經驗」是詩歌過程中決定性經驗與整體性價值的因緣薈萃，不可操作也不可逆，本然具有神聖性，是「創造性自身」顯化自己。「詩的經驗」肇始於詩直覺，「詩的思想」對於經驗的再創造同樣肇始於詩直覺；「詩直覺」即心靈服從於自我和世界的本質對映，創造意識瞬間將心靈活動與造型表現緊密嵌合，詩歌場開啟。在渾沌的詩歌場中，詩本身就是直接知識與根本智慧，詩與思想同根共源一體兩面；不能離開詩直覺而感應詩，同理，也不能離開詩直覺感應詩的思想，這是一切詩評、詩論、詩學的根基。正因此，不經過純粹超然的詩的經驗之長期洗禮者，不能覺知詩的思想脈動，在詩的渾沌場中與詩共遊；蒙昧於詩直覺者，只能靠人為意識在既定框架中擺弄知識序列。這也是為什麼當代有價值的詩評詩論作者都是大詩人的緣故，在古代亦然。

　　「詩的思想」的必要性還在於文化積澱與精神連結，是「詩」的文化傳承與審美闡釋之輔佐。寫詩，是一種創造性行為（解構自我／重整世界），也是最好的

自我教育；但書寫者往往知其然不知其所以然，對閱讀者而言更是如此。唯有當終極觀照精神籠罩著詩人，無始以來的存有之光連結著過去與未來，「思想」響應詩人文化懷抱之召喚，在創造過程中次第顯影，與「詩」恍惚對映。

「詩的思想」的詩思維核心是審美判斷，與環繞審美判斷衍生的道德判斷與歷史判斷。審美判斷不能脫離道德判斷與歷史判斷而單獨成立，為什麼？審美判斷進行文本自身的審美評價。道德判斷分析文本格局與心理意識的關聯。歷史判斷裁定審美評價與審美價值的相對座標。審美判斷是美學向度的價值判斷，但不足以究竟文本的全貌，必須參照道德判斷進行雙向修正，一方面摸索文本格局與書寫者心理意識的關聯，一方面修正文本格局與評論者心理意識的關聯；經過這道程序才能釐清文學文本的創生環境，並調校評論者的觀念與想像。審美判斷必須考量歷史判斷，才能確定此一文本，當代性文學價值（審美評價）與歷史性文學價值（審美價值）的審美比較。

詩的思想關注五大命題：「詩的原始」、「詩的經驗」、「詩的構成」、「詩的座標」、「詩的審美比較」。傳統是人的身體性命題，不是觀念性命題，傳統是人的根鬚；思想是詩的身體性命題，不是觀念性命題，思想是詩的根鬚。詩的思想建築，首要目標是要尋找詩的根鬚，詩的礎石。「詩的原始」與「詩的

經驗」是詩的礎石，「詩的原始」摸索孕育詩的種子與土壤，「詩的經驗」釐清詩的審美經驗過程與經驗本質。「詩的構成」是建築詩歌精神殿堂的結構要素，包括：語體、詩體、意象、文化觀念與想像模式。「詩的座標」，從外層結構而言，是立定詩在時間脈絡（時間軸）、空間場域（空間軸）、審美評價（價值軸）三種領域中的獨特位置；從內層結構而言，是解析詩的文學類型、風格類型、主題類型、語言空間形態的各種差異。「詩的審美比較」進行跨年代、跨文化、跨領域的審美闡釋，借以凸顯「詩」跨越邊界的精神動能。

　　詩的思想探索的主題是「詩的無限心智」，唯有趨向無限信息場的文字才是詩，才會產生具有證量的文字。詩的思想建築試圖與「詩」進行一場「思想」交流，藉由詩與思想相互鑑照的創造深化過程，以思想的礎石疊起詩的精神殿堂，為「詩的無限心智」揣想詩意的棲居。

　　詩的思想根源於「詩直覺」，淬鍊於「詩思維」。「詩直覺」是條件完全具足的直覺，懂得了條件此時俱足，此時非俱足，介在我與非我之間，心靈滑入渾沌的詩歌場，再也分不出世界與我，我即世界。「詩思維」是對詩直覺的經驗過程進行思想冶煉，在渾沌之詩的幻化鏡像中，進行審美判斷、道德判斷與歷史判斷，雙向印證自我與他者，從而鍛造出「詩的思想」。道可道非常道，但願融合詩意的思想與親密於思想的詩意，既能

逍遙於無何有之鄉，又能以大願之力共同顯化在字裡行間。

六、詩的經驗

　　如果「詩」只是文學文本（文學中的一種文類），詩不值得特別關注，也不會在古希臘與古中國成為構造文明的核心要素；詩是「語言的最高形式」（與詩是一種語言技藝是不同的文化觀念不可混為一談），而語言塑造了人類的觀念與想像，詩人必然也是「人類精神的最高範型」。詩人，乃詩篇透發之精神能量，閱讀者攝受之興起敬畏，從而賦予詩篇創作者之尊稱，書寫者豈能任意自我稱謂。詩，不只是語言的最高形式，它同時是身體文本（身體經驗）、文學文本（心靈淬煉）與終極觀照文本（靈性涵養），身心靈三者的激盪匯流。借用人類古老的文化圖像，我將「詩」視為，天（宇宙能量）、地（自然萬物）、人（人類文化）三者，在生命經驗過程中之神祕統合，是「大化渾沌」與「人間現實」的瞬息往還；空有不二，虛實相生，因之有詩。「詩」是大寫的文字，「詩人」是大寫的人，這是我對詩與詩人的最高認識。

　　詩是文字的巧妙排列，但不是修辭建構的產物；它來自文字又超越文字，來自審美經驗又超越審美經驗。詩所舒放的信息除了落實為文本中嶄新的美與真實，創造過程還淬煉了書寫者的生命智慧與精神信念，此之

謂「詩的經驗」。詩不侷限於個人智識與生命感懷，「詩」來自於詩人但高於詩人，為何如此？唯一可能，詩人只是一個通道，在詩的書寫過程中在詩的經驗過程中，個體存有（小我限域）與無限存有（宇宙能量）產生了瞬息的聯繫；詩歌文本因而超越了文學文本，詩的經驗因而超越了審美經驗。最高意義上的「詩人」必定是一個求道之人，他除了心靈涵養與身體實踐之外，對生命意義滿懷終極觀照的熱忱。

人，向所來處回歸向更高處仰望，人被允許而瞥見──那無始以來的存有之光，你承擔了它的撞擊，自我與世界因之停頓而重整；這還不夠，你得將光「拽出來」，再一次承擔光的撞擊並形諸文字，這是雙重承擔。如果你敢於與能於擁抱雙重承擔而倖存，你就是被選中的「詩人」，套句古話：這是天命。沒有人知道「一首詩」是如何開端與終結，只能是奧義，「詩」不為任何外在於它的目的而永續存在。

詩不只是文學文本更是身體文本，詩奠基於身體性經驗，又不止是身體知覺與心靈意識的交互作用，更非純粹的語言技藝之展現。詩的經驗是一切審美經驗的內核，詩，實乃經驗與價值的雙重跨越。

真正的詩衝擊你的生命經驗，改變你對自我與世界的固定觀念。詩不依循現實的框架來模擬／再現世界圖像，而是當頭棒喝，切斷心靈意識對人間實像的認知，停頓世界／重整世界，重新建構心靈自我與世界圖像。

詩的經驗是對經驗模式的跨越，使日常生活（活著這一回事）顯現嶄新的意義，有如「頓悟」。

詩，不是停在枝頭的那隻鳥，而是飛行過程的那隻鳥；詩，是不可捉摸的飛行軌跡與無法釐清的高速振翼。有些自稱為（詩）的文本，通過妥貼的修辭美化與恰當的意象設計，安安穩穩甚至刻意團轉，最終抵達枝頭；但從起飛的那一剎那，乃至飛行姿態、降落後的顧盼，都毫無祕密可言，意態與精神了無新意，最高明者不過是訓練有素的特技演員罷了。這樣的文本，只能歸類於「分行的修辭美文」之列，它不是「詩」；但有多少名詩人，依此命題作文方式寫詩而暴享大名。詩之創造，基本義涵是針對作者而言，「詩」通過「詩的經驗」顯化為文字，通過停頓世界／重整世界的決定性經驗，雙向轉化詩人與詩篇，完成價值重整。如果一個文本，對於作者而言，他沒有經歷「詩的經驗」之創造性洗禮，這樣的文本對作者而言就根本不是「詩」，詩與詩的經驗不可背離。

「詩」之成立的必要條件是「詩的經驗」，而內涵之廣博與豐美，思想之深奧與超脫，形式之自由與規範，文字之雅致與悠揚，都非必要條件而是附屬條件。因之，缺乏「詩的經驗」之分行／不分行的文字文本，都難以稱名為「詩」；而具備「詩的經驗」之非文字文本，卻依然是真正的「詩」。真正的詩超越文字相，超越生命界域；彷彿峰頂的岩石，溪底青苔，貓的足音與

月光搖籃，先於人的動念而永恆存在。

　　「詩」的文字文本來自語言，但不能只從語言層面考量。語言的語感、語調、語境，語言的音色、密度、結構塑造了詩歌空間與詩意迴響，這些是詩的材料與詩的審美效應，不是詩本身。人不過是語言的一個草圖，語言編織亦不過是詩的一個草圖。「詩的經驗」需要作者、讀者與評論者相互激盪持續活化，才能永葆其生命力，合力將文字文本提升為語言文化中的「詩」。應將詩的書寫、詩的閱讀與詩的評論等量齊觀，它們都是創造性的行為，是詩之流傳與演化不可或缺的重要角色。

　　「詩的經驗」超越審美經驗的限域與藩籬，融解心靈框架拓寬存有視域；「詩」是百般淬鍊後重生的精神生命體，是重建人類文明核心價值的創造性契機。在「詩的經驗」之沐浴場，無人我、無內外、無差別境界中，「詩」之芬芳瀰漫，人的框限消隱，存有之光剎那生滅。「詩」者，無界、靜穆、大喜悅之覺知與攝受。

七、詩的語言層相

　　詩的語言組織完備三種層相：語言本體層、語言性情層、語言意義層。現代漢語基於生活需求和文化變遷等因素，語言性情層的人性情感與文化況味愈見淡薄，音色細緻韻律幽微的語言本體層自身之大美亦轉趨蒼白；拓寬範疇只有語言意義層，但形上哲思乏人開拓，多數是淺嘗即止的世俗見識。現代漢詩的語言場輕忽語

言本體之美的淬鍊和人文性情的深厚積澱，顯示現代漢詩作者普遍缺乏文化自信，一味求取與世界接軌的虛榮心態。

（一）語言本體層

1.詞的美學質地（語質）

　　每一個具有獨立意義的漢字（詞）都是形音義完整的語言場，再經嚴謹微妙的排列佈置產生詩意迴響，這是唐詩抵達詩歌高峰的根本因素。「功蓋三分國，名成八陣圖。江流石不轉，遺恨失吞吳。」（杜甫〈八陣圖〉）、「千山鳥飛絕，萬徑人蹤滅。孤舟簑笠翁，獨釣寒江雪。」（柳宗元〈江雪〉）、「人閒桂花落，夜靜春山空。月出驚山鳥，時鳴深澗中。」（王維〈鳥鳴澗〉）、「玉階生白露，夜久侵羅襪。卻下水精簾，玲瓏望秋月。」（李白〈玉階怨〉）、「春日在天涯，天涯日又斜。鶯啼如有淚，為濕最高花。」（李商隱〈天涯〉）它們是能聽、能視、能思、能感、能動的千歲活物，一個小宇宙。何能致此？每一行每一字，其聲音、顏色、形象、氣息，皆適得其所面貌崢嶸。「詩的自然力」試圖回返原初，意念的原初、人性的原初、文明的原初、文字的原初，此一回返之動機將詩歌場的文字不斷地壓擠濃縮，而淬鍊語言成貞定內斂之質，既富含密度更強化能量，與淬鍊精鋼成寶劍原理相似。古典漢詩創造出不能增減一字的詩歌場，語質既純淨又厚實，現

代漢詩亦應如是。

2.句子組織形態（語法）

「詞」獨立的形象化特徵，結合「句」中漢語語法的寬鬆組織，支持了漢語詩歌場文字精減化的處理模式；漢語詩歌的句子組織（字串與句群），既簡約凝聚又靈活多變。古典漢詩的行／句由「字串」組成，每一行都是獨立完整的情境空間，行與行（句群），自由躍動相互呼應，不受上下文意向性鏈條的束縛，成就古典漢詩想像寬闊風流蘊藉的詩意迴響。相對而言，現代漢詩的句子多數呈現平板化傾向，侷限於單向度義意指涉，質感豐美變化靈巧的佳句難得一見。

（二）語言性情層

1.語言文化意識（語感）

漢語文化有數千年綿延不斷的歷史，這是人類文明寶藏；懂得珍惜這份資產努力學習者，才能積累足夠的文化涵養親近漢語詩歌。每一個漢字在歷史過程中經歷千錘百鍊，豐厚大器細緻幽微；現代漢詩作者如缺乏足夠的文化見識，漢字的歷史維度與人文積澱（語言文化意識）將喪失殆盡，詩歌語感中只剩個體自我意識得意放肆的「我手寫我口」，一副貧乏可笑的生活姿態。

2.話語聲韻節奏（語調）

每個人話語的聲韻節奏都不相同，它是人的性格、思想與情感的複合產物。人類的欲望內涵有大概率類同

之處，但每個人的性情傾向差異甚大，話語風格迥異。現代文學對七情六慾的開鑿與發揮可謂淋漓盡致，但富有個人性情特徵的深刻微妙的詩歌語調並不多見。古典漢詩獨特的骨氣與神采，細膩的聲韻節奏助益甚大；現代漢詩的語調往往節奏偏枯而急躁，聲韻缺乏精神骨架。

（三）語言意義層

1.心靈象徵圖像（意象）

　　漢語文化中，詞的意義範疇寬泛、句子語法可變性大，經常出現詞組的非定向歧義指涉和字串的語序自由變動；這不僅在文學語言中是常態，在現實語言中也是常態，一句話產生多種解讀尋常可見。非定向歧義指涉和語序自由變動兩個特徵，不僅塑造出語義錯綜複雜的語言空間，也成就了心靈象徵圖像撲朔迷離的詩歌空間。相對而言，現代漢詩逐漸走向語義明確化和意象明朗化之途，詩歌空間構造流於單薄瘦弱，一眼看穿一腳踢垮。

2.意念流動軌跡（意流）

　　漢語的非精確性語言樣態對於科學發展而言有其先天劣勢，但模糊化語言對文學發展而言詩性十足。由於文明的現代化轉型，現代漢語逐漸自我修正走向清晰明朗之途，這不是壞事，但文學語言若明白見底就不太美妙。意向清晰性指涉的語言，能建構出思緒井然軌跡明朗的詩歌文本，好讀易懂一目了然。意向模糊性指涉的

語言，它的意念流動跳躍跌宕捉摸不定，上下文看似互不干涉，上下文又多重干涉；它所建構的詩歌文本需要讀者的參與性閱讀，闡釋空間寬闊餘音繚繞耐人尋味。

（四）現代漢詩的語言組織

　　現代漢詩的語言組織受到西方詩歌文化的影響，偏重語言意義層的開發，形成意義詩學獨大意境詩學萎縮的文化局面。注重意義詩學的新詩文本經常呈現兩種弊端，一種是意義指涉停留於現實表層，意義淺薄化；一種是意義指涉強調龐大密實，意義成為負擔。意義詩學的詩學標的是「意義實體」，型塑意義實體有兩種最佳方式：一種是必有一道存有之光照射，瞬息閃露的祕密側影方屬沉重，是意義的質感而非意義的數量讓人激賞。一種是意義的實體被思想大方的托盤盛住，必有形制的托襯方顯端莊，是意義的威儀而非意義的權勢令人尊重。淺薄的意義令存在感淪喪，累贅的意義讓心靈更虛脫，不能歌唱的意義有何詩意可言？

　　現代漢詩的語言組織，意義層、性情層、本體層應該受到同等重視，相輔相成，才能成就意義探索深邃、人文性情厚實、語言豐美雅致的詩歌文化高峰境界。現代漢詩呈現出獨特的文化面貌與審美精神，才能對人類的詩歌文明做出不可或缺的貢獻。

八、詩的語言空間形態

　　一首詩的語言空間形態，對詩歌空間的詩意重心位置與詩意迴響的音色旋律，具有決定性作用，也是形塑風格的基本要素。詩意重心：文本型塑詩歌空間過程，啟動「詩意迴響」的關鍵。詩意迴響：一首詩音色、節奏、旋律的輻射交響。詩歌空間由語言空間所建構，但非所有語言空間都能產生詩意迴響；能產生詩意迴響的媒介也不侷限於語言文字。詩的語言空間構成（由外而內）區分五大層級：語言體裁、語言鏡像、語言動能、語言調性、語言意識。

　　語言體裁，區分為雅言修辭與白話修辭。對新詩的語言體裁往往有個誤解，認為新詩就是以白話語體、自由詩體書寫的詩；新詩的語體運用可白話可雅言也能兼用兩者，詩體可採用格律規範也能摒棄格律規範，這是古今中外詩學發展的常態。崇尚白話詩的「我手寫我口」是幼稚思想，白話也有粗糙雅致的區分；沒有人的書寫文字和說話語言完全一致，除非是口述文本。文學語言與現實語言之發展本來就是相互生成，詩歌中的雅言修辭與白話修辭之共生互涉也是類似的模式。雅言與俗言無法絕對性劃分，兩者都能用來寫詩，若調配得宜巧妙運用，語言空間會有變化多端的樣貌。

　　雅言修辭傾向書面語，白話修辭接近口語。雅言修辭需要深厚的傳統文學／文化涵養，才能以經過創造性

轉化的典雅文字承托詩情。注重雅言修辭的新詩容易僵化為傳統修辭的直接挪用，中文系學生／學者的新詩文本常出現這種不自覺的書寫模式。修辭是兩面刃，過度與不足都是敗筆；偏愛白話修辭的新詩也常陷落於粗俗平面化的敘述模式，毫無深度。由於胡適當年倡導的白話文學／白話詩主導了歷史潮流，白話修辭成為新詩書寫的主流話語。造成這種文化偏差，有四重因素：一、新詩開創期強調白話書寫，貶低傳統文化／文學。二、多數作者的傳統文化／文學涵養不足，沒本事運用博大精深的漢語文化資源。三、多數作者以西方詩歌文本／當代詩歌文本做為經典依據，漠視古典漢詩文本。四、將白話修辭視為新詩書寫的唯一模式，不需要傳統文化／文學涵養也能隨意舞弄。舊詩（古典漢詩）向來就有雅言修辭與白話修辭共存交融的現象，讀一讀杜甫、白居易、蘇軾的詩就能明瞭。新詩（現代漢詩）的雅言修辭與白話修辭理應共生共榮，讓深厚的古典與富饒的當代交融互涉，助益個人的創意詩寫更加豐實，古今中外大詩人莫不如此。

　　語言鏡像，區分為想像情境與現實情境。想像情境是一個虛擬空間，現實情境是一個實境空間；詩的語言可以構造出想像情境，也能摹擬出現實情境，它們都是詩的真實。立足於現實情境的詩，與讀者的日常視域吻合容易親近，運用想像力變奏的詩，對想像知覺遲鈍的讀者構成挑戰。想像情境構造的語言空間與現實情境構

造的語言空間，前者勾引讀者進行參與式建構，後者試圖解構既定的世界圖像。

　　想像情境與現實情境，都是經過語言精心調度後呈現的詩鏡。虛擬空間的建構，有時是心理情境的意識投射，有時是潛意識的自我現身，有時是想像動能的自由馳騁。虛擬空間也有現實性與非現實性的差別，前者有現實景象的依託，但經過想像的扭曲變形，心理性意圖居多；後者景觀與現實場域無涉，創造性意圖更加明顯。

　　想像情境與現實情境的構造與功能有別，依據文本主題而定；有些主題適合以想像情境呈現，有些主題適合以現實情境描寫。詩的語言鏡像和作者的書寫模式息息相關，有些作者對沒有現實依託的文本缺乏信任感，有些作者對可見的現實表象完全不屑一顧。實境與虛境都有其結構限制，也都可以容納想像力的滲透與顛覆；完全缺乏想像情境的文本，不是單薄得一眼看穿就是暴露出作者的保守性格。實境與虛境都能進行結構縱深的佈置，也都能創造出具有深度的文本境界。「現實」本來就有（可見的）外部空間與（不可見的）內面空間的複雜層相，外部現實為視覺可見的明確表象，內面現實需要直覺體會且以想像之筆加以開鑿；總之，詩的鏡像絕非現實鏡像的單純摹擬。

　　語言動能，區分為跳躍敘述與連續敘述。有些詩人擅長線性敘述，有些詩人習慣跳躍敘述。線性敘述的語言波流前後連貫，老實的讀者跟著走不會迷路；跳躍敘

述的語言波流經常斷裂與轉向，讀者必須多花些心思。不同的主題相應要求不同的敘述模式，相異的書寫性格也會呈現出相異的語言動能軌跡。曲言敘述與直言敘述各擅勝場，建構出來的語言空間各具特色；曲言敘述像似穿越山林溪谷的障礙賽，直言敘述好比在運動場上競技。跳躍敘述模式與日常話語模式差異更大，連續敘述模式與日常話語模式差異較小。

詩的語言動能，指上下文語言組織的語意／語境流動模式，概分四種主要類型：連貫式（語意／語境連貫流動）、跳躍式（語意／語境跳躍流動）、並列式（語意／語境獨立並陳）、疊加式（詞組句群斷續有致前後交疊）。詩的語言動能我將之簡化為跳躍敘述（曲言）與連續敘述（直言）兩種基本型。

連續敘述，詩意重心在敘述指向的終結情境，但安插空行能產生曲折斷續的審美效應。跳躍敘述，每一行皆能變換視域移轉焦點，並以分節／分段方式區隔情境空間，變化詩意迴響的聲調。連續式語言動能，敘述格式區分為散文式、連續式與分節式。跳躍式語言動能，敘述格式區分為分節式、分段式、組詩式。曲言與直言的敘述美學不同，詩歌空間建構也迴異；跳躍敘述的優勢是詩意曲折變幻，容易產生不定向、多焦點的語言波流；連續敘述的優勢是語言波流連貫推蕩，氣勢雄渾，適合單一主題的深度挖掘。

語言調性，區分為陰柔的抒情聲音與陽剛的思辨

聲音。我將語言調性略分為柔與剛兩大主要類型：臺灣詩人的語言調性偏軟（柔），中國詩人的語言調性偏硬（剛），這是不準確的概括卻又有點傳神；光聽講話的聲調、音量、氣息，就能準確地區別說話者來自臺灣或中國。抒情聲音與思辨聲音的判斷基準，主要在於情感成份與思想成份的比重調配。抒情聲音雖有激烈與委婉的差異，皆不宜理直而氣壯；思辨聲音也有高亢與低沉的分別，總不能情勝而理屈。抒情的語言空間和思辨的語言空間，前者的節奏旋律傾向舒緩曲繞，後者的節奏旋律偏好緊湊推盪。

詩的語言調性，指詩意言說的聲音質地與旋律特徵。抒情聲音被認為是古典漢詩的主旋律，經常被化約為中國詩歌的抒情傳統，彷彿以漢語言說的詩人們向來酷愛抒情且懶於議論。不過依據我對舊詩文本的研究，古典詩的言說模式確實詠嘆式居多議論式偏少；換個說法，柔性語調位居主流剛性語調位居邊緣。正因此，中唐大詩人韓愈刻意經營拗口怪異的詩句，白居易倡議諷諭詩強調現實議題的批判，率皆有別於溫柔敦厚的抒情聲音。溫柔敦厚的陰柔語調沒多大壞處，但缺少那麼點剛強因子，批評意識東躲西藏，崇尚點到為止。陰柔語調的詩篇，旁敲側擊，計白當黑，宛轉托陳，一詠三嘆，但難以開展雄渾的聲音交響與綿密的論辯巨流。過份陰柔的語調有明顯缺失，彷彿感傷纏身的倖存者留言，讀來讓人陷入晦暗憂鬱；過份陽剛的語調也有其缺

點，語言缺少彈性，說話不留餘地，詩歌空間匱乏蘊藉深遠之美。最理想的詩歌語言是剛柔相濟，古今中外的大詩人莫不如此。

語言意識，區分為聚斂性語言意識與擴散性語言意識。語言意識是語言空間建構的主宰者。書寫者的語言意識傾向於召喚與傾聽（身體性經驗），語言空間呈現聚斂性，迴向自身；書寫者的語言意識傾向於溝通與銘記（工具性功能），語言空間流露出擴散性，指涉他者。身心靈處於聚斂狀態，詩的經驗偏向於語言傾聽詩之召喚，以詩為主體。身心靈處於擴散狀態，詩的經驗偏向於心靈撩撥語言構造詩，以詩為客體。不同的語言意識所成就的語言空間／詩歌空間，判然二分。

聚斂性語言意識，語言操作者和語言之間是合作關係；擴散性語言意識，語言操作者和語言之間是主從關係。強調溝通銘記的語言意識，在新詩書寫中屬於主流，注重召喚傾聽的語言意識，在新詩書寫中位居邊緣。產生此現象的主因：現實語言本來就強調溝通與銘記的工具性功能，多數作者的詩歌語言將現實語言直接挪用；即使是採用文學語言書寫的作者，語言意識也多數傾向於將語言當做溝通銘記的工具，並以意指明晰的語言符號建構語言場／詩歌場。語言意識是連結心靈活動和語言資源的橋樑，聚斂性語言意識，語言場／詩歌場中作者的操控影響會降低；擴散性語言意識，語言場／詩歌場中作者的操控影響會強化。

　　語言心靈（整體性的心靈／語言模型）之塑造，來自兩個條件的交互作用：一個是書寫者的身心靈傾向，一個是詩的經驗之審美啟迪。以聚斂性語言意識成就的詩文本，具備無為、無目的性特徵，意符與意指之間的關係比較渾沌；以擴散性語言意識成就的詩文本，具備有為、有目的性特徵，意符與意指之間的關係相對清晰。

　　每一個人都受限於自己的生命經驗、文化觀念與想像模式，也無形中設置了閱讀、書寫、評論的參考座標，由此發展出個人性的詩歌視野，也疏忽了不在主體視域中的詩人詩文本。綜觀歷年來漢語文化圈各區塊，詩刊、詩選、詩年鑑、詩競賽中被揭舉的文本，多數呈現刻板的文化想像或時尚的社會潮流之影響跡痕；甚至呈現單向度／平面化的詩歌書寫傾向與詩歌閱讀傾向。這種偏狹化／淺層化的審美興趣對詩的多元化／深刻化發展害處極大，也會影響新詩審美精神的辯證生成與詩性演化。

　　新詩語言空間形態的五大層相（材料、構成、策略、情思、意識），皆有兩種對照性發展藍圖（雅／俗、虛／實、曲／直、柔／剛、聚斂／擴散），讀者、作者、評論者，能依此多元圖譜找出個人相應的審美標的，認清自己的愛惡與取捨，助益審美反思與視域拓寬。

九、「雙聯詩」文化設想

　　黃遵憲（1848-1905）首倡、梁啟超（1873-1929）

提出的「詩界革命」，鼓勵詩風維新，立足舊形式（傳統詩體），注入新精神（新思想、新意境），滌除擬古舊習回應時代變革。胡適（1891-1962）、陳獨秀（1879-1942）倡導的「文學革命」設想一種白話新詩，與古詩傳統斷然告別，追求新形式（白話語體、自由詩體）、新內容（當代世界、個人經驗），符合現代性思潮，具備國民文學／寫實文學／社會文學特徵的詩。

黃粱設想一種新詩，不削足適履，不自斷源頭，不盲從演化論式的文學進化觀，傳統文化與現代資源兼容並蓄，主體性沛然自足。不同於橫向移植的現代主義新詩，也迥異於強調「言文一致」的白話詩書寫模式；黃粱設想的新詩奠基於漢語的語言文化土壤，傳承古典漢詩的藝術精神，面向當代包羅萬象，立足於個人又超越個人意識，奠基於文字又超越文字相。

黃粱夢想的新詩，從三個面相分別析論──

語言文化向度：探索語言三層面相，同步勘察語言本體層：語質（詞的美學質地）、語法（句子組織形態），語言性情層：語感（語言文化意識）、語調（話語聲韻節奏），語言意義層：意象（心靈象徵圖像）、意流（意念流動軌跡）。不將「語言」窄化為意識捕捉與意念傳達的工具，重視文字美感對感官知覺的作用；強調語言的心靈表情與人文內涵，擴大詩歌語言的審美空間。

藝術精神向度：重啟語言的傾聽與召喚功能。從語

言意識而言，溝通與銘記，是說話者以語言為工具去敘述意義、捕捉形象，是單向度的語言波動；語言作用於所指端，投射相應的世界圖像。傾聽與召喚，是說話者關注語言對你說了什麼，將語言視為敘述主體，語言場容納多向度的語言波動；語言作用於能指端，啟蒙相應的心靈圖像。溝通與銘記的語言場，以有限心智掌控語詞推擴自我；傾聽與召喚的語言場，創造能轉化生命的契機，探索詩的無限心智。

　　詩歌體裁向度：語體而言，新詩語言應兼容文言元素和白話元素，相互補充融匯，以豐厚的語言資源，編織富有文化涵養又不偏離生活實感的新詩。詩體而言，自由詩與格律詩等量齊觀，尊崇自由詩對語言的開創性實驗，也強調韻律與型式對建構「基礎詩學」的重要性。韻律規範的意義：文字適合歌詠容易傳播、以音樂韻律牽引閱眾的心靈情感。型式規範的意義：凸顯文字質感與句構張力，以限定的語言空間砥礪作者的結構意識。

　　黃粱創設「雙聯詩」作為新詩基礎詩體，由兩組聯句構成，為具有結構規範的定型詩體。格式：雙行體二節，結構定型，韻律、語詞非定型；以聯句為基本詩意單元，上下句的情境關係、意義關係非定向設計，上下聯的情境關係、意義關係也是如此。

　　「雙聯詩」詩體建設有三大文化理想：

（一）呼應劉半農「創造新韻，增多詩體」的主張

劉半農（1891-1934）1917年5月發表於《新青年》之〈我之文學改良觀〉發表了兩項主張，一個是：「當謂詩律愈嚴，詩體愈少，則詩的精神所受之束縛愈甚，詩學決無發達之望」，另一個是：新詩宜「破壞舊韻創造新韻，增多詩體」。雙聯詩之擘建承襲此精神，規範基本詩型（雙行體二節），開放聲韻與句式，以寬鬆詩律達到開拓新詩體的目標。關於創造新韻，黃粱主張心靈協韻與文字協韻共同發展，以個人本性節奏創造語言的韻律感和文本風格。新詩音律以心靈韻律為主，文字節奏為輔；以意義節奏為母節奏，韻律節奏為子節奏；追求心靈韻律與文字節奏，意義節奏與韻律節奏，彼此均能合拍協調。

（二）開發兼容文言元素和白話元素的新詩語言

朱光潛（1897-1987）《詩論》關於書面語和口頭語的觀點，相當有啟發，也澄清新詩的白話迷思。「以文字的古今定文字的死活，是提倡白話者的偏見。散在字典中的文字，無論其為古為今都是死的；嵌在有生命的談話或詩文中的文字，無論其為古為今，都是活的。」朱光潛認為說話所用的字不過幾千字，而書寫的文字多達數萬字，「『寫的語言』比較『說的語言』豐富」。這論調只是常識，但新詩百年來少人當真。黃粱欽慕的

新詩語言，能將文言元素、白話元素有機編織，以生活
感思綜理全方位的「漢字書寫體系」；沉澱當代詩急躁
敘述的語言意識，重建文字的美感知覺。

（三）創造能發揚漢語文明的當代詩

　　1917年肇啟的「新詩」，與民族新生／文化再造
的時代使命緊密連結。胡適現實主義的文學觀與實用主
義的語言觀，有其適應時代需求與窄化文學傳統的格局
限制，是注重當下語境曲解歷史脈絡的畸形嬰。新詩開
端於「革命」，又不可避免地與「全球化」潮流交匯；
新詩的文化身分長期模糊難辨，在地性被全球化逐步吞
噬。詩之能量場，蘊藏審美意識、社會意識與文化溯源
意識，是抒懷寄情、現實索隱與終極觀照之統一體，古
人謂之風、雅、頌。黃粱新詩學，強調「詩」是生命自
我教育的軸心力量，又能對社會與文化框架產生變革與
擴張；既能面對全球化「現代性」之挑戰，又能賡續漢
語文明的大傳統。

十、「風雅頌」現代釋義

　　詩的三種主要文學類型，傳統稱名：風、雅、頌。
　　頌，在國族層級的宗廟舉行的宗教舞蹈儀式。
「頌」有舞容之意，頌詩為讚美祖靈歌詞，儀式目的祈
求祖靈保佑，人天連結永續傳承。
　　雅，「是由巫師在周、諸侯的宗廟或神社中使用

的宗教假面歌舞詩劇」（家井真《詩經原意研究》），「雅」乃戴面具歌舞情境，雅詩為祝禱歌詞，儀式目的為了驅魅，祈求社稷安寧。

風，以地方為單位的歌謠，這些單位大多是國名，謂之十五國風。「風」有降神招神之意，風詩即在地方村落舉行的祈禱儀式歌謠。

詩的三種主要語言策略，傳統稱名：賦、比、興。賦的語言策略是鋪衍敘事，比的語言策略是意象類比，興的語言策略是即興抒情。

詩的文學類型之一：終極觀照，傳統謂之「頌」，終極觀照是頌詩的根本精神。《尚書・堯典》有云：「詩言志，歌永言，聲依永，律和聲。八音克諧，無相奪倫，神人以和。」我將此段上古文字詮釋為詩的終極觀照敘述：「詩」將個人意識連結上超越意識的原理與目標。本義解釋：「聲以律和便能詠依於聲，言能歌詠裏助志詩相應。律呂調諧時感天動地，八方響應。」衍義解釋：「八音者：聲／律，詠／聲，言／歌，志／詩；八項元素構成四重關係。克諧者：彼此傾聽召喚，交互感應滲透。八音克諧無相奪倫，講述詩的原理形態；神人以和，傳達詩的理想與精神。通過詩之媒介／通道，人與天相應融匯，淬鍊人文精神整全生命體性，此即詩之終極觀照。」按此上古定義，「詩」不只是一種文體，更是人向天祝禱之言辭，本然具有神聖義；「詩」之能量波流往來人（物質存有域）、天（精神存

有域）之間，形成一正大光明的詩歌場，此一神聖場光耀澄明了人之存有的意義與價值，「頌者，美聖德之形容，以其成功告於神明者也。」（〈詩大序〉）頌詩包容並顯現了美善道德與精神信念，語言意識是誠摯其辭，語言策略將物象、事態、心思進行有機連結，以鋪陳之語勢塑造詩歌空間的昇騰精神，這才是「賦」之真本事。

詩的文學類型之二：現實索隱，傳統謂之「雅」。雅者，正也，雅樂即中正之聲。「言天下之事，形四方之風，謂之雅。雅者，正也，言王政之所由興廢也。政有小大，故有小雅焉，有大雅焉。」（〈詩大序〉）唐·李白〈古風〉詩云：「大雅久不作，吾衰竟誰陳」，國家興亡匹夫有責延續此文化脈絡。「正」有導正之義，隱含「刺亂」，用心批評以導邪歸正，漢·劉安《離騷經章句》所以言：「小雅怨誹而不亂」。雅詩有介入當下、諷諭現實的文學意圖與審美傾向。諷諭現實的語言策略常用「比」，以事典和語典入詩，烘托敘事豐厚內涵，用心靈象徵圖像投射批評意識。

詩的文學類型之三：抒懷寄情，傳統謂之「風」。風詩者，以神聖的咒語和歌謠搖盪天地風氣，禮敬山川大地，撫觸生命萬象。「是以一國之事，繫一人之本，謂之風。」（〈詩大序〉）繫一人之本唯有寄託於主體抒情，而心靈風情又能開放性地與山河大地相互照應。風有歌謠性質，而「興」是歌謠體主要特徵。「凡

興者，所見在此，所得在彼，不可以事類推，不可以義
理求也。」（宋・鄭樵《六經奧論》）「興者，先言他
物，以引起所詠之辭也。」（宋・朱熹《詩集傳》）風
詩之搖盪萬物，不是採取搭乘軌道車前進的模式，而是
隨意念吹拂任性情撫摩，表層詠物敘事，裡層牽連心理
情結甚深。風詩搖盪之感，除了心理情感的委婉傾訴，
也根源於文字排列所激盪的音樂性，相互扶持。

　　「風」詩，以奧美文字進行傾聽與召喚，語言風
格一唱三嘆俱備歌詠特質，在反覆吟唱與傳誦中深入人
心。「雅」詩，以一人之心總天下之心，強調社會關注
與批評意識；諷喻現實是詩書寫，介入當下是詩行動，
它們是「詩歌精神」一體兩面。「頌」詩，胸懷廣闊聯
結天地萬象，出乎至誠又能超越自我；傳統與現代，心
靈家園與精神殿堂，盡皆包容其中。

十一、從詩的審美精神判讀「詩」

　　「詩」是什麼？從語言藝術層面判讀詩，容易落
入形式主義的窠臼，從思想內涵判讀詩，容易受到意識
形態的觀念蠱惑。「詩」能透過文字書寫來表達，但詩
不只是文字；跳脫文字相觀照，「詩」來自一種獨特的
審美精神，落實為緊密連結的人的思想與行動。詩的審
美精神有兩個相互生成的要素：決定性經驗與整體性價
值；前者是詩的生發基礎與經驗模式，後者是詩的內在
構成與文化成果。「詩」既言是思想與行動之統合，從

審美精神能判讀「詩」，也能判讀「詩人」，詩與詩人不可能分割；同時且同質，審美精神雙向連結了詩歌場與詩人意識。

　　決定性經驗即詩的經驗，它是一切審美經驗的內核；決定性經驗催發詩歌場之生成，重整自我與世界的關係，透過詩直覺轉化自我主體意識，拓展世界的邊界。當詩的經驗落實為文字相，語言場變化文字的本體層、性情層與意義層，醞釀「詩之誕生」，詩，停頓世界／重整世界。當詩的經驗衝擊生命相，心靈得到啟蒙重整價值體系，生命本真的元價值因之復甦與昇華。整體性價值將經驗者生命空間的五大維度：文化、生活、語言、性情、靈性統整為不可分割的嶄新生命體，「詩人誕生」，詩人，兼具隱士與革命者雙重特質，隱士在美學中生活，革命者變革自我與他人。

　　從場所精神而言「詩」：文化是樹幹，文化書寫關注人文延展（傳續文化）；生活是根系，生活書寫刺探生活與生存（觸摸現實）；語言是土壤，語言書寫清洗符號開拓視界（洗滌語言）；性情是花果，性情書寫撫摩愛與心靈（統理身心）；靈性是陽光雨水，靈性書寫通達人天（敞開生命）；詩，將天地人交融互涉態完整呈現，一座精神建築。從一首詩可洞觀一世界，成住壞空全縮影在那兒，詩歌空間，極內在極超越；詩之鏡像，可見與不可見並體孿生，真實與真實的倒影，虛幻與虛幻的背面，一首詩同時擁抱愛與死。詩，相信意念

可以革新生命，相信意念可以改變世界。

　　詩，有親手栽植的喜悅，有不辜負時光的情意；詩，恍惚是不期之約，明日我將重來的誓願。隱蔽的花叢，黑暗中的流水聲，語詞之刀劈開空間，意念玫瑰盛放；微笑，如一朵花開，將內心的悲哀與甜蜜完全裸露，它的花蕊，它的露水與粉塊。詩像飛行在空中的箭矢，生活只是它地面的投影，詩永遠比生活的長度更邁向前幾步。詩之萌芽彷彿創造者顯現了自身，詩意迴響中雪花飄舞；道出不可道，說出不可說，銷魂──以火蝕心，別──用刀剔骨。詩喚醒了一個獨特的能量場──光明淨域，創造者與被創造者，參與者與旁觀者，心靈乃至精神上大滌了一番，這就是「詩」。

十二、從一首詩到一本詩集

　　一首詩，即興脫口而出，酣暢淋漓有成，不但可能也是必然；一首詩，艱難苦恨繁霜鬢，終究平常事。十分鐘快意脫稿，或十年經營始成，詩篇之前各有故事。

　　完成一首詩，猶如誕生一個新生命，抱持什麼心態寫下這些文字，懷胎者心知肚明；她不必知道生命的構造程式，母親與人子之間的牽腸掛肚在所難免。詩人與詩之間，一行詩與一首詩之間，這首詩與下首詩之間，千絲萬縷連成一片。

　　詩的初衷漸行漸遠，你終究遺忘了為什麼寫詩，你還在詩的深淵中輾轉反側；如果詩是一面鏡子，你在鏡

中看見了什麼？格式（分行／不分行）、節奏（行節奏／句節奏）、韻律（韻體／無韻體）、型式（定型／非定型），為什麼這行長那行短？這裡突然空了一行？它有佳句否？它是佳篇嗎？佳句的定義是什麼？佳篇的定義又是什麼？沒有人能為你解惑，因為那是你的孩子。

　　一個孩子會成長一首詩也是，短制發育成稍長的詩，分節詩變化成分段詩。詩人也在成長，氣定神閒合掌發力，足以撼動大樹；胸懷豪氣干雲霄，試一試中型詩，文化底蘊足夠，敢將組詩複雜編織。敘事長詩與史詩是革命份子豁出性命，千萬要慎思。

　　一首詩千變萬化，有時親近有時陌生，但看當下的氣場合適與否，母與子的關係通常如此。一個詩人有百千分身，一個詩人面目始終如一，皆有可敬可畏之處。每一首詩都是第一首詩，都從無地起家，重新經歷百千萬劫，以針繞心；如果不是這樣，或許你在自欺欺人。一首詩總是難以完成，放下吧！一個詩人的詩歌歷程就是一首詩。

　　一本詩集，不是將幾年的分行札記湊合湊合，下個醒目標題，封面美容一番文宣整型一下，便能誕生一本具有審美價值的文本。一本詩集應該具備特有的詩學構想，包含三大關鍵要素：一、詩學標的，二、語言風格，三、主題關注；三大要素相互依存緊密連結。一本詩集是一個生機盎然的生命體，被作者的創造意識與美學自覺凝聚淬鍊為一首詩，絕對且唯一。

　　對一本詩集進行詩學考察，首先要反思主題關注，
包含：訊息類型、訊息品質、訊息數量。一本失敗的詩
集最常見的缺失是主題單一，內涵膚淺兼重複；常見的
詩歌主題：我的魯蛇生涯、抱怨社會不公不義、失敗的
戀情、生活瑣思札記。上述主題不是不能寫，但要呈現
探索的深度才有意義。其次要檢索語言風格，包含：語
言材料、語言動能、語言調性、語言意識。語言符碼
和語言表情是否具有個人風姿？觀念與想像是否深刻豐
美？結構思維是否具有獨創性？一本風格模糊的詩集就
像一個面目恍惚的路人，很難找到對話焦點。最後要追
問詩學標的，包含：詩歌文化根源、詩歌空間型態。詩
歌文化釐清詩人詩歌觀念的來源，詩歌空間分析詩篇詩
意迴響的特質。對詩學標的的鑑照比較艱難，但詩人做
不到這點就沒有未來可言。

　　詩集的詩學構想，試以黃粱詩集作為範例，說明
如下：

　　1998年《瀝青與蜂蜜》，詩學標的：「純詩」（詩
直覺消泯自我意識，詩人消溶於詩，非定向性意念波
動，將純粹心靈供奉上靈臺；道出不可道，說出不可
說，彷彿靜穆。）主題關注：卷一　愛與石（風詩）、
卷二　音色（頌詩）、卷三　停馬（雅詩）。語言風
格：句構簡練的民間樂府，初心聚斂情辭相符。「懵懂
之劍，蒹葭／頓挫的河岸／聽聽／露重，無人／／銀質
的水花／想念，開落／風越野／愛中七星點綴」（〈懵

懂之劍〉）

　　2013年《小敘述　二二八个銃籽》，詩學標的：「史詩」（將歷史意識與文學想像緊密連結，宏觀視野與思想深度足以和一整段歷史與一整個族群，共鳴出詩意迴響的恢弘文本。）主題關注：以「二二八事件」為敘述核心，擴及臺灣歷史脈絡與主體意識命題，取材源自訪談與研究資料。語言風格：跳躍敘述模式，將時間過程／事件線索模糊化處理，藉以呼應歷史的渾沌特徵；以臺語、華語、客語的生活語言穿插書寫，重建歷史現場。「罪是活跳跳的流血不止的空喉／我的目睭猶咧睨著死亡彼一矑」（〈罪的盤旋〉）

　　2017年《猛虎行》，詩學標的：「雙聯詩」（創設具有結構規範的新詩定型詩體，錘鍊詩歌語言的質感與密度。格式：雙行體二節，結構定型，韻律、語詞非定型，以聯句為基本詩意單元。）主題關注：生活韻律、心靈澄懷與人文精神。語言風格：日常口語和文化修辭混和編織，放心攝心參半推衍虛實相生。「處女瞳灼傷你的眼／巨嘴鴉食腐的大嘴叼住兩邊耳垂／／每一寸肌膚都滴翠的空氣／鼻梁滿青苔，羞怯的呼吸」（〈自然一瞥〉）

　　詩學構想的核心是「詩學」，詩學有文化詩學、典範詩學、個人詩學三個層次。文化詩學針對不同的詩歌文化之審美精神，典範詩學針對具有經典意義的詩人與詩篇，個人詩學針對詩歌作者獨特的詩人意識和審美

理想。詩學構想必須對詩集文本的三個詩學層次進行反
覆琢磨，才能認清作者在新詩文化座標中的相應位置，
「個人風格」依此而樹立，「個人詩學」之建構亦如是。

　　從一首詩到一本詩集，根本意義是自我教育，在生
命中立定精神軸樞，根鬚扎入大地深處，枝繁葉茂猶如
廣闊的愛情，永懷素樸之心，修辭立其誠，詩的初衷歷
歷在目。

十三、詩評寫作二三事

　　新詩創作領域分為詩歌寫作、詩評寫作、詩論寫
作、詩史寫作四大類。詩歌寫作者人數眾多，占比百分
之九十九，其餘百分之一中的百分之九十歸屬廣義的詩
評寫作，剩下百分之十就勉強讓詩論寫作與詩史寫作
分攤。

　　上面這段敘述有兩個重點：一、詩評、詩論、詩史
寫作都是一種創造性行為。二、廣義的詩評是相對於狹
義的詩評而言。為什麼要強調第一點？因為很多的詩評
與詩史只是文學資料彙編與讀後雜感，並不具備「創造
性」。詩論寫作領域幾乎空白，「詩論」是對詩學核心
要素的探索，呈現作者的獨特詩觀；沒有「個人詩學」
為依據，詩評寫作與詩史寫作要如何進行？

　　有些聰明人會借用既有的文學資源：象徵詩學、
空間詩學、後現代、後殖民等等等等，來經營詩評、詩
史，一種框架挪來挪去常常捉襟見肘；運用妥當還好，

運用不妥當還會自相矛盾。比如在臺灣強調後殖民，卻吹捧一位最具有大華族思想與殖民意識的詩人。創造性是強調：針對不同的文本必須發明不同的思想觀念與論述模型，才能找到相應的「對話場域」；大部分新詩研究或新詩批評，不是幫評論對象一味貼金，就是評論者天馬行空的獨白，兩者交集的部分少得可憐，觸及詩學的部分也少得可憐。

　　為什麼要強調第二點？因為廣義的詩評太浮濫且由來已久，久到讓人麻木不仁大家習以為常。通常看到的詩評有幾種類型：一、名家推薦文（或長或短）。二、速讀後的讀後感（或快或慢）。三、論述架式中規中矩，但評論對象平庸不值得一提。四、論述對象是成名作者的文本，但資料拼湊內涵缺乏新意。新詩文學環境呈現如此內循環狀態不太健康，這些評論文本缺乏「批評」應該具備的基本素質：問題意識與批評意識。

　　問題意識是催發評論的基本點，基本點是中性的，它不牽涉對象文本的好或壞；問題意識的先決條件是感知對象，其次是發現問題。失敗的新詩評不是感知太膚淺就是沒有發掘出新內涵。能感知對象才能與文本產生血肉相連之感，激發審美想像；能發現問題才能針對癥結去分析、闡釋與評價，語調平和但絕不妥協。如果一篇評論的出發點，只是人情世故的推薦，或產製論文需要，或吹捧主流明星來攀附權力網絡，問題意識與批評意識從何孳生？這種具有非詩學取向的評論文本，不堪

認定為「新詩批評」。

　　批評意識的首要條件是文本意識，有兩層意涵，第一層：批評對象侷限於具體的特定文本，不做沒有文本依據的文學泛論。第二層：應將批評者自身與批評對象置於同一平臺上進行雙向檢索，將兩者都視為具有生命意識的文本，並依此進行開放性交流。將文本視為一堆語言符號組合，視點高高在上且只有單向道視域的評論文本，不堪認定為「新詩批評」。

　　膚淺廣義的詩評太浮濫，嚴肅狹義的詩評就很難有生存空間，沒有嚴肅的詩評產生鑑照比較的審美參考座標，新詩文本的好壞，不是詩人獨白說了算，就是掌握權力者說了算；結果都一樣，很難自我反思文化精進。新詩批評應當觸入文本的心靈符碼、時代語境、文化系譜，應當納涵審美判斷、道德判斷與歷史判斷；新詩批評，是三位一體的文化空間建築。

　　詩評寫作的前提是深度閱讀，有兩種主要模式：默照與讀字。以默照覺知詩歌空間的詩意迴響，以讀字品味語言空間的語言文化。默照重視讀者與作者的精神同盟關係，神遊式的傾聽與召喚；讀字強調對文本聲韻節律的體會，文化脈絡的直觀與感知。

　　評論者從深度閱讀經驗中，確切體驗到詩歌空間的結構交響和精神建築、語言空間的音色旋律和語言策略，詩評寫作才能找到獨特的視點與視域，從而建構出相應的創造性評論文本。

　　新詩的審美水平與文化層次要如何再進化？有兩大
要務：首先是對「詩」進行審美精神的界定。詩不是文
字的分行排列，不是情緒流瀉與生活札記，不是政治議
論與社運文宣，不是命題作文也不是修辭美文。詩立足
現實又疏離現實，來自文字但超越文字相；詩無論平易
親切或艱澀深奧，率皆啟蒙人心激盪精神。必須謹慎嚴
格地將詩與散文進行分流，釐清詩與非詩。

　　其次要革除對膚淺的新詩評論之依賴，提昇對嚴謹
的新詩評論之重視。唯有更加注重新詩評論與對於評論
之批評，新詩審美評價座標才有建構的基礎。一旦，詩
之思想得到鼓舞與提昇，新詩在文化場域與社會場域，
才有機會贏得真正的尊重，對時代的人文精神與社會進
程產生深邃的影響力。

十四、詩史寫作芻議

　　文學史是由「通」與「變」兩種力量相互作用所
構成，新詩史也不例外。通，是返古繼承之力；變，是
革今變異之力。通與變，在不同時代會有不同程度的
外部壓力與內部需求。沒有傳統文學就沒有現代文學，
現代是對傳統的批判性繼承，並加入嶄新因素融合而
成，通中有變，變中有通。「新詩」相對古詩來說是
變，「詩」對於新詩與古詩來說是共通之所。這裡所謂
「詩」，不分古今、中外、地域、語種；「詩」，是創
造性自身，無端無盡藏，並對無限進行永恆渴求。新詩

的返古繼承之力，非要重返古詩的懷抱，而是連結並重整詩歌精神。中文系骨董派文人，擁愛古詩非議新詩；道理很簡單，他們不懂「詩」，只觸及詩的表層（修辭層），變異的語言介質對他們來說構成障礙。當代前衛詩人，對古詩毫無興趣懶得深究，視為與新詩無關的老朽遺文，此乃雙重的文化悲劇。

　　詩史寫作，第一個要處理的命題是：通與變。傳統與現代之間何時通何時變？如何通如何變？嶄新因素如何加入與融合？產生什麼文化效應？詩歌精神如何連結與重整？眾多新詩書寫者受到「文學革命」之觀念影響，文化胸襟偏狹自我囿限，短視者只閱覽當代同儕之作，騖遠者以翻譯文本為唯一依歸，視古典詩與前輩新詩的審美成就如無物；新詩無根之變的現象猶如在廢墟上攬鏡自照，景象怪異陰森。

　　詩史寫作，第二個要處理的命題是：顯與隱。「顯」，主流顯豁者；「隱」，邊緣隱匿者。影響顯與隱的諸種力量是什麼？顯與隱各自有何虛實？提拔邊緣隱匿者，壓抑主流顯豁者，讓虛實回歸其應有之位，是詩史寫作的重要任務。如果一本詩史論述，只是在調整權力網絡的關係位置，小心翼翼升降明星的座次，羅列得獎詩人名單，等於在說人盡皆知的廢話。沒有經過闡釋的文學記錄是無用的記錄，沒有發現精神的歷史學呈現盲目的歷史。

　　詩史寫作，第三個要處理的命題是：詩的審美精

神。簡單說，就是你認為「詩」是什麼？要採取什麼樣的「詩學尺度」去衡量對象文本？去區分真與假、好與壞、上位與下位。有了獨特且一貫的詩學尺度，詩史作者，還得由海量的一手文本中以獨特詩瓢親自去撈取，而非根據：名氣地位、權力網絡、傳播媒體、統計數據，從他者篩選後的二手文本方便標定。「詩」，本然具有反集權反規矩、反媚俗反消費的性格。但物化嚴重的消費時代，經常陷入數據迷思擁愛時尚包裝，將量多等同質好，崇尚名牌迷戀標籤，詩史作者在裁選文本時要深以為戒。

　　詩史寫作，第四個要處理的命題是：史觀與史識。史觀是詮釋歷史的觀念與視野，史識是歷史裁決與價值定奪。詩作者、詩文本、詩潮流、詩集團，四大元素在歷史進程中有何互動關聯？在論述架構中如何輕重與取捨？你所倚靠的價值判斷有哪些？你要凸顯的歷史圖像是什麼？史觀史識模糊的歷史敘述不成體統，意識形態狹隘的歷史敘述傲慢輕浮，這是詩史寫作的精神試煉。詩與歷史皆歸屬於渾沌知識，形質充滿不確定性，詩的歷史敘述要將渾沌趨向於清明，又要擺脫閱讀世界等同閱讀自我的偏執，考驗詩史作者的思想與人格。

　　詩史寫作，第五個要處理的命題是：新詩文化座標。詩歌文化空間的宏觀框架要如何安立？時間軸（沿革性詩史）的分期節點要設在哪裡？節點上相應發生了什麼事件？跨時期產生什麼審美變異？空間軸（地域性

詩史）的地理範疇與文化區塊要如何劃定？離散者走過哪些境外區塊？與本地區塊有何互動關聯？價值軸（精神性詩史）探討新詩的審美精神：審美興趣與審美價值如何流變？受到哪些因素影響？詩人意識和時代環境之間有何互動關連？詩人在不同年代有何精神推衍？

　　詩史寫作，第六個要處理的命題是：詩的形式與內涵的歷史流變。首先，詩的書寫型態、語言空間、風格類型，主題類型，必須進行文化界定與文本裁選。接著，判定它們在歷史過程中如何分佈與流變？分佈與流變的意義是什麼？受到哪些時代思潮與社會脈動的影響？新詩的創作與研究對基礎詩學（構成新詩基礎座標的文化要素）太過輕忽，以為只要修辭檢索，意象標定，主題議論，誰都可以「新詩」一番，這般痼疾隨處可見。詩是最好的自我教育，詩的教育之根基建立於「基礎詩學」的擘劃。

　　詩史寫作，第七個要處理的命題是：「軸心詩人」與「典範詩章」。軸心詩人，超越時代又突破範型，既是傳統繼承者又是變革未來者。李白、杜甫從《詩經》、《昭明文選》中吸納菁華，「大雅久不作，吾衰竟誰陳」（李白〈古風其一〉）、「熟精文選理，休覓彩衣輕」（杜甫〈宗武生日〉），開創不朽的盛唐之音。韓愈、白居易上承李、杜昭顯的詩歌精神：「李杜文章在，光焰萬丈長」（韓愈〈調張籍〉）、「天意君須會，人間要好詩」（白居易〈讀李杜詩集因題

卷後〉），又努力進行突破框架的寫作，下啟北宋詩文
氣場。李、杜、韓、白堪稱唐代軸心詩人。典範詩篇，
能產生極內在極超越的詩意迴響。以唐詩為例：張若虛
〈春江花月夜〉、李商隱〈無題〉都堪稱典範詩章。典
範詩章又分審美性（價值軸）、歷史性（時間軸）、
地域性（空間軸）三大類型。以新詩為例：胡適《嘗試
集》（1920年）與張我軍《亂都之戀》（1925年）審美
價值不高，但歷史價值很高，兩書是民國與臺灣的第一
本新詩集。地域性要關注弱勢群族與角落文本，新詩文
化圖譜才能豐厚圓滿。「軸心詩人」與「典範詩章」的
標定，最能見出詩史作者的眼光，平庸雜錯之選，經不
起時間的檢驗還會貽笑大方。

　　詩史寫作牽涉到詩歌文本與歷史材料的選擇、排
列、分析、闡釋、比較、評價，是個人生命意識與歷史
生命意識的交流融匯，是個人小敘述與歷史大敘述的和
聲交響。詩史寫作既需要臨場更需要離場，有參與歷史
的主觀體驗才能寫出在場感，有離場的客觀視角才能避
免觀察距離太近產生盲區。詩史寫作，需要超拔視角的
加持，鳥瞰整體的歷史詩歌場，從中萃取出時代的文學
性格與文化特徵，這是詩的歷史敘述第八個要處理的
命題。

　　新詩文學理論史（詩論史）與新詩文學批評史（詩
評史），我將之規劃在新詩史之外，另立門類。主要原
因是目標文本尚待整理，相關研究也極少，暫時難以進

行宏觀且有效的處理，亟待有志者後續努力。

　　傳統是一個動態模型，現代也是一個動態模型，詩史寫作在兩座動態模型之間架設一道橋樑，一個暫時性歸結。詩史寫作，也是審美評價與審美價值之間的辯證互涉，是一時性與歷時性的對話交流。詩史，是一個不斷需要重寫的文化工程，沒有一勞永逸的歷史論斷。

　　「臺灣」是一個多族群多語言的文化混寫符號，「臺灣新詩史」也是如此。如何在尊重多元文化的前提下凸顯臺灣文化主體性？是臺灣詩史書寫的終極考驗。「臺灣新詩」，不必然發生於臺灣地域，也不侷限於臺灣人書寫，更超越於國家文學範疇之上；唯有如此設定，臺灣新詩才能胸懷廣闊包羅萬象，才能納含多元的族群、語言與文化。如何凸顯臺灣文化主體性？依我認知：與臺灣有在場關聯，簡稱「在臺灣」；「在」是中性語詞，與發生地、血緣、國族無涉。在場關聯可以是抽象的，也可以是具體的；可以是心理學的，也可以是政治學的。

　　臺灣新詩史規劃，是一個全新的文化挑戰，因為這是第一個百年（1923-2023），歷史脈絡前文與文化座標前文極度缺乏。新詩文化的歷史座標一旦定位，時間軸、空間軸、價值軸安置妥當，詩人座落在哪個位置，詩篇到底有幾兩重，相對來說就能澄清；有了歷史性的參照座標與審美性的評量基準，文化檢索與審美比較才能進行更加深刻的思想挖掘。不同的《臺灣新詩史》能

產生出不同的文化參照系，提供多重角度去辯證臺灣新詩的優勝劣敗；釐清「臺灣新詩」的審美精神與文化特徵，對於理解「臺灣」的心靈狀況與精神脈動，具有難以估量的啟明作用。

十五、百年新詩，望洋興嘆

　　三十年烹一小鮮，何其漫長何其短暫，漫長與短暫之分斷然可笑！以性靈培育，生態農法種植，我栽培的不是詩與詩人，而是詩的基因與詩的息壤，「詩的永續生成之道」哺育我，光耀我。

　　「詩的無限心智」召喚我，因緣寫下第一個字，而不得不成為詩人；尊重詩直覺存活下來的我，活在現實邊緣，以低限的生活藝術行住坐臥，從詩中究竟發現了思想。我思想的不過是詩，詩與思想實乃一體之兩面。

　　我在大海邊舞踏，舞進虛實間隙的風光，懂得身心靈大解放；我依循：「名利及利養，愚人所愛樂，能損害善法，如劍斬人頭」之根本知見，一路走來顛倒夢想，把詩當飯跟詩之思想對唱高調，竟也安然無恙，感謝詩之甚深微妙法。

　　百年不過一眨眼，人、我、眾生如色似空；混濁當下清明，清明曇時混濁。憑我非我這一點小小本事，關房中，寫下一個又一個字隨時看破看斜看歪看反；一來一往竟也百來萬字，晝夜如斯白髮蒼蒼。敢將天下名山藏諸金石，誠乃吾生一大樂。

　　詩在呼吸出入間，一念真實一念虛無，一念三千大千。詩的智識與詩的能力，在現代社會逐漸被遺忘，懂得鳥語、徒手擒虎的詩人何處尋覓？但文字的魔法不會絕跡，可比無中生有的愛情。百年新詩，望洋興嘆！

　　　　　　　　　　2019年12月31日黃粱草于野鶴原

卷五

詩的況味

俳句的奧義
──對托馬斯・特朗斯特羅默與松尾芭蕉俳句的審美闡釋

前言

　　本文選擇瑞典當代詩人托馬斯・特朗斯特羅默，與日本十七世紀俳聖松尾芭蕉各十首俳句，作詩學上的分析比較。俳句文本選自馬悅然中譯的《巨大的謎語》（行人文化實驗室，2011），關森勝夫、陸堅合著的《日本俳句與中國詩歌》（杭州大學出版社，1996），闡釋對象為漢譯俳句。本文試圖從詩的格律、詩的視域、詩意迴響三個面相，以文本點評與文化對照的方式賞析兩位詩人的俳句。

一、詩人簡介

　　托馬斯・特朗斯特羅默（Tomas Tranströmer 1931-2015），瑞典詩人，2011年諾貝爾文學獎得主。1954年發表第一部詩集《十七首詩》，至2011年為止共發表十二部詩集。最後兩部詩集《悲傷的鳳尾船》（1996）、《巨大的謎語》（2004），由瑞典漢學家馬悅然翻譯為詩合集《巨大的謎語》中文本，集內收錄56首俳句。托馬斯・特朗斯特羅默在李笠1990年的訪談中

提到：「寫詩時，我感受自己是一件幸運或受難的樂器。」，「一首詩是我讓它醒著的夢。詩最重要的任務是塑造精神生活，揭示神祕。」

松尾芭蕉（1644-1694），日本詩人，本名松尾藤七郎，後名松尾宗房，從俳諧詩人北村季吟（1624-1705）學習俳諧與古典文學；住屋門口一棵芭蕉生長茂盛，草庵因稱芭蕉庵，俳號「芭蕉」，史稱松尾芭蕉、芭蕉翁。有多部遊記傳世，以《奧州小道》最為著名；芭蕉及其弟子俳句收入《猿蓑》等七集中，後世稱此七集為《芭蕉翁七部集》或《俳諧七部集》。芭蕉最大成就是將詼諧的遊戲性詩體俳句，轉變為以嚴肅態度創作的藝術形式，在日本文學史上被尊為「俳聖」。芭蕉有關俳句的名言是：「不易流行。」，「如同鋪展開柔軟的黃金一樣，從頭腦裡不斷地湧現出來。」

二、俳句簡介

八世紀下半葉，日本出現了第一部和歌總集《萬葉集》，全書共二十卷四千五百餘首。和歌是日本將民族固有歌謠與漢詩加以區分的稱呼，一般稱歌，即指和歌；詩，專指漢詩。日本古代歌謠的形式有四句體歌、片歌、旋頭歌、短歌和長歌，這些歌體不講究押韻，但有句式和音數的要求，均採用五七調。短歌五句三十一音，句式五／七／五／七／七，它是日本流傳最久遠的定型歌體；五七調借鑑於中國五言詩、七言詩的形式。

俳句產生於十五世紀，是由俳諧、連歌的發句（首句）獨立出來而形成完整內容，定型為三句十七音，句式五／七／五的詩體，俳句最先稱作俳諧或發句。俳句作為連歌的發句，需要標明這首作品的季節氛圍，形成俳句獨特的嵌入「季語」的傳統，季語包括季候、花鳥蟲魚、節慶習俗等用語。俳句注重不同事象相配而塑造微妙不平衡感的詩美學，以漢字直接創作的俳句稱為漢俳。

日語為複音（一字多音），漢語為單音（一字一音），日語十七個音翻譯為漢語十七個字時，詩境可能會有些微變化。關森勝夫與陸堅合作的松尾芭蕉日語俳句漢譯，對文化內涵做過深度考察，俳句的文化性詩意保留得豐美純粹。瑞典當代詩人托馬斯‧特朗斯特羅默依日本俳句格律創作的瑞典語俳句，因翻譯者馬悅然為瑞典籍漢學家，自己也創作漢語俳句，他為托馬斯的瑞典語俳句所做漢譯，文字精煉詩意深邃。

三、本文

俳句只有十七個音，很難鋪陳完整的現實場景與人事，只能以簡約的字句與曲折的意指來完成詩的經驗；一方面必須捨棄裝飾性修辭減少用字，另一方面又要以非常態的詩的動態模式來開拓詩歌空間。俳句因為用字限制，無法描繪現實全景，只能採用選擇性的特寫素描與隱喻象徵的意指跳躍方式敷衍出現實輪廓，對想像空間的倚重大過對現實基礎的掌握。俳句美學對「字」的

使用，要求功能精準手法特異，字的表情與句法結構往往比詞語所指稱的意義與形象更重要；俳句的語言路徑極短且運動迅速，語言的出發等於抵達，甚至出發重於抵達，直覺的瞄準姿態重於射中目標之一剎。俳句也擅長使用矛盾修辭創造詩意的張力，整體的空間構造像似一道謎，謎題與謎底都含蘊其間，又像一條在空中飛行的虛線，逗引無盡藏的想像，開啟深邃幽微的詩意迴響。

〈托馬斯・特朗斯特羅默俳句1〉
我們得忍受
小號字體之草和
底層的笑聲。

【點評】

　　對自然之神祕與生命真實的冷冽凝視是托馬斯詩篇的立足點，詩人以生生不息的小草鑑照人類有限生命之孤單，人與自然呈現二元對立的辯證情態。「忍受」表達難以親密交融的生命真實感受。「小號字體之草」有雙重指涉：小草的豐饒情境與字的無窮意義。「底層」蘊含大地底層與人心底層，雙面設喻。「笑聲」的嘲諷極為深遠，因為對比的兩端是卑下的小草與高傲的人類。季語「小草」，春。

〈松尾芭蕉俳句1〉

曙光尚微茫，

寸寸銀魚躍水上，

閃閃若清狂。

【點評】

　　典型的芭蕉詩風，閑寂風雅。表層是無為的靜謐，內面卻排盪著激情，意境幽玄清寂。第二行描繪補魚網中銀魚閃耀的景觀，省略魚網的描寫，特寫鏡頭對準自然生命的波動感。全詩結束於開放性情境，餘韻繚繞。「清狂」有奮進義，生之網羅是隱形的，曙光初生之靜映照銀魚將死之動，搖曳無言的悲情。「寸寸」原譯作「寸長」，修改以顯眾多貌。季語「銀魚」，春。

【對照】

　　托馬斯的俳句以意念作詩意主導，「我們得……」，以句為節奏基準，三行連成一句，停歇位置在句終；芭蕉的俳句以情境作詩意主導，「曙光……」，以行做節奏基準，三行的情境相對獨立，停歇位置在每行之末。托馬斯的敘述模式屬於緊密的意念推盪，人的觀點凸顯，陳述人與自然的對話關係；芭蕉的敘述模式屬於鬆散的情境疊加，人的觀點隱伏，悠然呈現天地的微妙波動。芭蕉俳句的韻律格式是典型的三行六頓，五七五的節奏析分：二三／四三／二三，以韻律節奏作主導，韻律節奏與意義節奏吻合，詩韻平順。托馬斯的韻律格

式是非典型的三行七頓，五七五的節奏析分：三二／四二一／三二，以意義節奏為主導，意義節奏與韻律節奏有摩擦錯位的情況，詩韻頓挫。兩首俳句的情境序列都採用動靜交錯型態。關鍵的詩意重心皆出現在第三行：「底層的笑聲」蘊含自然廣大生機與人類短促存有的祕密交談，迴響生命自我嘲諷之聲；「閃閃若清狂」在魚群渴望突圍的波動圖畫裡，隱約流淌著人心之悲憫。

〈托馬斯‧特朗斯特羅默俳句2〉

從澤中躍出！
松樹的鐘標半夜
鯰魚捧腹笑。

【點評】

　　語法邏輯上應將第一行與第二行對調，「從澤中躍出」拉近視域，放置首行製造懸疑意味。「鐘標」是松樹的塔形果實與釣魚浮標的意象結合詞，松果浮出水面乃詩人刻意拈出的自然實境，前提是松果掉落沼澤，以及打破寂靜的落水聲響，這是隱匿的意境。具體的落水聲不著筆墨，虛擬的鯰魚笑聲卻被放大，誇張修辭，空間中迴響著「意欲垂釣何物？」的探問。詩人以語詞垂釣詩意，彷彿鐘標垂釣於沼澤；垂釣詩意的非現實性讓鯰魚捧腹大笑。季語「松果」，秋。

〈松尾芭蕉俳句2〉

古池碧水深，

青蛙「撲通」躍其身，

突發一清音。

【點評】

　　古池深碧，象徵太古的寂靜，彷彿時間都停止運轉，突然一聲「撲通」，存有的神識恍然甦醒，也像時空發出一個對存在奧義的探問。青蛙入水的聲響打破寂靜，不多時，一切又復歸閑寂，清音返還於碧水，大音希聲如是。立定原初境象，再出以奇思幻想，干擾境象使產生微妙的不平衡感，隨即境象又復返於平衡，這是芭蕉俳句慣常的美學手法。季語「蛙」，春。

【對照】

　　托馬斯這首俳句的韻律格式為三二／三二二／二三，雖然詩韻比較澀，但馬悅然的漢譯非常細膩精確，既符合五七五的體式，詩境的重心與微妙處也掌握恰當，如果翻譯成：「松樹的鐘標／半夜從澤中躍出／鯰魚捧腹笑」，首行的美學功能將完全喪失，松果躍出水面的剎那也顯得冗長。芭蕉俳句的韻律格式為二三／四三／二三，完全發揮五七五體式的特長，第二行比一、三行多兩字，第一行吸氣，第二行像似空間伸張或吐一口長氣，第三行又復收縮。詩境的變化也搭配

極佳：極靜、瞬動（一聲）、復寂靜。另外一種漢譯將動作、聲音分離就顯示不出詩境之微妙：「閑寂古池旁／青蛙跳進水中央／噗通一聲響」（王曉平譯）。青蛙「撲通」躍其身，把聲音、動作同步呈現，詩意飽滿響亮。托馬斯俳句的詩意重心落在第三行，也是利用聲音／動作來彰顯詩意。

〈托馬斯・特朗斯特羅默俳句3〉

上帝出現了。
鳥音洞裡的大門
打開了鐵鎖。

【點評】

　　「上帝」隱喻真理自身，「鳥音洞」是鳥聲織就的聲音洞窟，詩人從眾鳥齊鳴的迴聲裡，覺察到真理的奧義即將開顯。鳥聲奇妙的和諧波動導引出聽聞者的啟蒙意識，以「開鎖」象徵開啟自然的神祕。這首俳句表達了一種獨特觀念：真理源出自然天地而非人文世界，詩人從鳥聲中凝聽真理。季語「鳥聲」，春。

〈松尾芭蕉俳句3〉

黑髮額前掛，
結粽撩起又垂下，
身姿美如畫。

【點評】

　　結粽，以草繩、竹葉將糯米包裹成粽子的動作，紀念古代中國詩人屈原（前343-前278）的端午節慶有結粽祭祀的民俗。在詩人眼中，「黑髮女」被提昇為人間性之美的象徵，「美」兀自開落自我圓成，「美」乃靜極中之微動。第三行的「畫」樹立一個框架，立定美的典型，傳達詩人渴望永恆收藏的心願。季語「粽」，夏。

【對照】

　　托馬斯俳句的韻律格式為二三／四三／三二，詩意重心擺置第一行，語言能量正面劈來，直截了當，再以聲音裡的聲音（開鎖聲）擴散詩意，顯現「真理」。芭蕉俳句的韻律格式為二三／四三／二三，詩意重心落在第三行，美之讚嘆悠悠緩緩，將「美」收藏於靜默的記憶（一張圖畫）。兩首俳句都將審美經驗提升到詩的經驗的高度；「詩的經驗」是帶有決定性經驗與整體性價值的審美經驗之核。

〈托馬斯・特朗斯特羅默俳句4〉

時間臨到了，

瞎了眼睛的微風

歇在正面上。

【點評】

　　下筆即審判：「時間臨到了！」非常濃重的起手式，令人難以招架。第二行與第三行，將瞎了眼睛的風與闔上眼睛的臉，並置；將輕快的微風與沉重的死亡，並置，立意的方式快狠準。只不過是微風（然而瞎了眼）停歇在面門上，最後審判將臨但形影動作難以揣測；臨終時刻不允許任何人計較，疏離性的高懸注視冷冽而靜謐。季語「寒風」，冬。

〈松尾芭蕉俳句4〉

蚌殼與肉離，

苦苦相分何其淒，

更況秋將移。

【點評】

　　這首俳句是芭蕉遊記《奧州小道》的結束語，芭蕉跋涉完2400公里的行程，與親友短暫相聚後即將分手，告別時吟此俳句。離別猶如蚌殼與蚌肉分裂，詩人的心情居然如此慘烈。殼，象徵歸宿，脫殼之肉無所歸屬；移秋入冬之嘆，也隱含人生既入歲暮的哀感，肉體與靈魂也終將分離罷！此詩作於1689年秋芭蕉晚年。季語「行秋」，秋。

【對照】

　　托馬斯俳句的韻律格式為二三／五二／二三，芭蕉俳句的韻律格式為二三／四三／二三。比起芭蕉生前的最後俳句：「旅途病轉凶，／夢魂神繞一重重，／浮遊曠野中。」凸顯迷離之境，這首俳句情思略有掩映，關鍵視域：「更況秋將移」稍稍轉移了殼肉分離凝結的痛感。另有一式漢譯更為宛轉：「與君傷別離，／如蚌脫殼無所依，／秋日行遲遲。」前譯坦露生命不得不剝離一切眷戀的痛楚之感，後譯的詩情飄蕩於無奈離別的悲戚。芭蕉俳句顯現東方式的人命與天運齊一的生命觀，詩意重心在第三行：「更況秋將移」；托馬斯的生命觀隱藏著西方宗教的氣息，詩意重心在第一行：「時間臨到了」。托馬斯對生命真實的冷酷觀照，令人聯想起同為瑞典藝術大師的電影導演英格瑪・柏格曼（Ingmar Bergman 1918-2007）。

　　　　〈托馬斯・特朗斯特羅默俳句5〉
　　　　聽雨的淅淅。
　　　　我悄聲說個祕密
　　　　希望能進去。

【點評】

　　第一行無端從聲音起興，淅淅綿綿之雨含藏無限：

聲音的無限、線條的無限、顏色的無限，雨以淅瀝、綿延、灰濛包裹整個世界。無限真是個祕密，我希望能與無限對話一場，我將我的祕密與你交換，可否？這首俳句從雨的聲音、形象、色澤感應天地奧義，而非只是形容雨的表象。季語「雨」，春。

〈松尾芭蕉俳句5〉
寂靜似幽冥，
蟬聲尖厲不稍停，
鑽透石中鳴。

【點評】

寂靜，死亡般的寂靜，引來透心的涼意；喧囂彷彿更加尖銳的寂靜，持續擴張自己，充塞所有空間，包括岩石內部的空間。這首俳句以疊加式的形容，在感覺上不斷錘鍊，終於獲致一種突破感，突破什麼呢？大概就像心靈上被鑽一個洞的感受罷。以感覺的錘鍊帶動語詞的動能，而非以修辭去裝飾感覺，這首俳句是詩的語言的最佳示範。季語「蟬」，夏。

【對照】

托馬斯俳句的韻律格式為三二／三四／三二，芭蕉俳句的韻律格式為二三／四三／二三。「聽雨的淅淅」，馬悅然的漢譯非常傳神，他不用慣常的修辭「淅

瀝」，淅瀝只有聲音的質感，淅淅兼具形聲，淅淅有複數感傳達了無限之義。芭蕉以鑽透岩石的觸覺力形容聽覺中聲音尖銳地挺進，相當具有威力的通感修辭。兩首俳句都緣起於聲音，最後都透視進心靈深處。不同點在托馬斯的俳句立足於鮮明的抒情主體「我」，但是「我」渴望消融於雨中；芭蕉俳句的抒情主體隱匿，讓聲音自己發言，更易趨近於無我之境。詩的經驗是斷然發生的「決定性經驗」，此一決定性——經驗者創造標的之同時，生命也被此一經驗創造性地改變；創造標的（詩）同時創造自身（詩人），謂之決定性經驗；此乃詩的審美精神核心要素，兩首俳句皆透徹此義。

〈托馬斯・特朗斯特羅默俳句6〉

　　陽光的狗鏈

　　牽著路旁的樹木。

　　有人叫我麼？

【點評】

　　「陽光的狗鏈」表現托馬斯創造獨特意象的本事，拉長的樹影襯托了陽光的存在，樹影像狗鏈，樹木不就是狗！但意象本身並不是產生詩意迴響的關鍵，真正的詩的經驗呈現在第三行「有人叫我麼？」，「有人」是掌握狗鏈的主人，造物主導引太陽與地球的運轉牽動光影拉扯狗鏈，那麼，「我的存在」又是被誰牽引？詩的

視域轉化了尋常的現實場景，此即托馬斯所言：「詩最重要的任務是塑造精神生活，揭示神祕。」之義涵。季語「陽光」，夏。

〈松尾芭蕉俳句6〉

冬日風狂叫，

舊居避寒待春到，

此柱頻倚靠。

【點評】

　　首先草繪的第一幅圖畫是天地廣漠狂風呼號，第二幅圖畫在雪山凍水中點出寒舍的存在，第三幅圖畫是斯人倚柱，人畢竟還有一根屋中央的撐頂木柱可以相依。在孤寂寒索的生存境況裡，人的情感還在流動著，心靈並不因此而閉塞枯乾，這是芭蕉俳句始終溫暖人心之處。季語「冬籠」，冬。

【對照】

　　托馬斯俳句的韻律格式為三二／二五／二三，芭蕉俳句的韻律格式為二三／四三／二三。兩首俳句呈現詩人不同的人生態度，托馬斯始終一貫的刺探與質疑，芭蕉傾向於接納與等待。結構佈置也有差異：托馬斯從地面影子開端，上溯陽光與更高處。芭蕉從天風著筆，而後下探大地蝸居與人情細微。兩詩的詩意重心都是第三

行，都反映了某種深層觸摸的渴望。芭蕉俳句第二行原
譯「故家」，改作「舊居」，韻律比較通暢。

〈托馬斯・特朗斯特羅默俳句7〉
一幅黑的畫。
塗過顏色的窮困，
穿囚衣的花兒。

【點評】

這首俳句三行都使用了矛盾修辭，「黑」的
「畫」，「顏色」的「窮困」，「穿囚衣」的「花」。
花引人聯想的普遍情境是芳香、色彩與開放，為花穿上
囚衣等於將花的象徵改寫為「禁閉的芬芳」。色彩的匱
乏加上禁閉的芬芳就是一幅黑畫，黑畫是人為製造的產
物，整體象徵指向心靈的自我禁忌。「花」天生自然，
「畫」人為造作，對照出本質差異。這首詩的潛意識氛
圍很濃厚。季語「花謝」，秋。

〈松尾芭蕉俳句7〉
道旁木槿花，
嬌豔奪目令人誇，
行馬卻吞它。

【點評】

　　木槿又名舜華、朝開暮謝花，花態嬌豔可又凋零迅速。這首俳句作於馬上，附有題辭：「馬上吟」。人才剛發出讚美之聲，美好的事物隨即被另一股自然力量所吞滅。「一日之榮」本來就帶有生滅無常的啟示，瞬間生滅加強了無常的力量，警世意味更碩大，無明現身在眼前。季語「木槿」，秋。

【對照】

　　托馬斯俳句的韻律格式為二三／二五／三二，芭蕉俳句的韻律格式為二三／四三／二三。穿囚衣的花兒，「花兒」連讀，視作一音。比較兩首俳句的意象運用：「穿囚衣的花」為人造意象，更進一步說是潛意識層面的心靈象徵；「行馬卻吞它」乃日常經驗，更進一步說是跨越邊界的生命體驗。兩首俳句的詩歌空間構造有一相同處：第三行都呈現猛然下墜之勢，立定詩的關鍵視域（詩意重心），語詞墜落懸崖瞬間釋放的能量迫使心靈張開眼睛，停頓世界／重整世界。

　　　〈托馬斯・特朗斯特羅默俳句8〉

　　他寫了又寫……

　　運河裡流著漿糊。

　　到彼岸的船。

【點評】

　　這首俳句詩意重心的位置比較特別，出現在第二行。「運河」是人工河流，比喻詩人的寫作生涯；河中流動的是漿糊，隨時可能把寫作划動的這條小船膠著住。「到彼岸」是寫作的目標，同時也是人生的目標；運動與運動隨時會停滯的危機意識，是詩人寫作提供給自我與他者的一次頓悟。季語「枯河」，冬。

〈松尾芭蕉俳句8〉

「埋火」置中央，
促膝暢敘萬事忘，
客影忽上牆。

【點評】

　　這首俳句的關鍵視域出現在第三行，談話的主體恍惚間變成客體，導引了一次頓悟，「忽」有猛然覺察義。促膝長談之樂可以「萬事忘」，萬事皆忘將「我」無限擴張；忽然，我洞觀了我的投射，存在只是一個「客影」，一個短暫借住的影子，「此生如寄身是客」是詩的經驗所提供的「一事不能忘」，將「我」復歸於卑微。季語「埋火」，冬。

【對照】

　　托馬斯俳句的韻律格式為三二／三四／三二，芭蕉俳句的韻律格式為二三／四三／二三。兩首俳句都起興於忘我之樂，無論是沉湎於孤獨的寫作或是歡悅於交流的樂趣，一旦回首，遷變色身的無情能量立即現身。詩鏡之鑑照，一方面顯影人生歷程，另一方面也凸顯個體存在的有限性。詩以高懸的「終極朗照之光」洞觀在世存有的現象與本質，此乃詩的審美精神核心要素：「整體性價值」之所在。兩首俳句都運用了客觀敘述手法，將抒情主體的自我感思化作普遍性詩情。

〈托馬斯・特朗斯特羅默俳句9〉

人形的飛鳥。

蘋果樹已開過花。

巨大的謎語。

【點評】

　　「人形的飛鳥」是指天使嗎？「蘋果樹已開過花」將要結蘋果了嗎？為什麼人渴望長出翅膀渴望飛向天際？為什麼蘋果會產生誘惑帶來原罪？「巨大的謎語」就是天問，設謎與解謎之間產生無窮的問答。這種經由矛盾、誇張、對立、不平衡或未完成，產生未竟的運動張力，俳句傳統稱之為「俳意」。這首俳句是托馬斯

最新的詩集《巨大的謎語》最後一首詩。季語「蘋果花」，夏。

〈松尾芭蕉俳句9〉

秋來生意少，

為何驟覺年衰老？

時望雲中鳥。

【點評】

　　秋深了，天地正衰歇；人老了，體能自然孱弱，這是沒法度的事，「道」的運行本然如此。「時望雲中鳥」試圖提出另外一種觀點：雖然從現實上來看，生命終究歸宿於空無，但超越人世的精神飛翔依舊是可能的。「時望雲中鳥」流露出透明的哀愁，但渴望靈魂自由翱翔的願望依然不死。這首俳句作於1694年秋，芭蕉迫近臨終。季語「秋」。

【對照】

　　兩首俳句都透露出無言的謎一般的情思，都提到鳥與花樹，外部情境屬於秋之景。兩首俳句的關鍵視域落在第三行，以開放性情境作結，餘音繚繞。相對來說，托馬斯的俳句形上思維的傾向比較濃重，宗教命題時有出現，芭蕉的俳句多來自人情撫觸歲月歷練之嘆。芭蕉對詩藝極其精研與執著，俳字的定稿達到「搜索枯腸」

的地步。托馬斯的精神也極端驚人，詩人1990年中風後，右半身輕微癱瘓且語言功能受阻，卻依然詩藝精進不已，令人嘆服。托馬斯俳句的韻律格式為三二／三四／三二，芭蕉俳句的韻律格式為二三／四三／二三。

〈托馬斯・特朗斯特羅默俳句10〉
樹葉悄悄說：
野豬在彈風琴了。
敲鐘的聲音。

【點評】

　　野豬來自荒野叢林，鐘聲來自宗教殿堂。乍聽之，野豬的嗷嗷聲響與管風琴的音色或許有某種相似性，當然，這首詩討論的主題不是野豬而是教堂。而議論者是樹葉，應該說是群樹之葉，一片葉子不會單獨晃動。葉子們為什麼悄悄說話？因為隱匿的議論內容驚世駭俗，十足背叛威權：來自教堂的聲音或者說教會的權勢與觀點是如此野蠻。季語「鐘聲」，冬。

〈松尾芭蕉俳句10〉
石山之石白，
比之其白如玉帛，
秋風白千百。

【點評】

　　石山的岩石之白——剛硬之灰白，千篇一律；秋風之白——柔軟潔白如玉帛，色調變化萬千。芭蕉這首俳句使用了三重修辭，先運用色系相通，再採用對比形容，尚不足，加以千百種白來呼應秋風之白的難以捉摸。秋風的背景是秋色，清秋本來寂寥曠遠，秋風起兮白千百，寂寞豈不無以復加哉！季語「秋風」，秋。

【對照】

　　選擇本身就是價值的比較與判斷的結果，托馬斯選擇野豬嗷嘯與教堂鐘聲並置，從語言策略來看相當大膽，產生了誇張與對照的美學功能；更深入人文思考，聲音的意義差異才是詩意迴響之核。芭蕉的修辭採用的也是對比誇張模式，顏色變化也不是詩所真正關注，關鍵視域是秋風淡白所映現的心靈虛白。兩首俳句最最高明之處，是那一無說辭的留白，無言說而收攝千萬說，「道可道非常道」。真正的詩，詩意迴響理當如此，無端而復無盡藏。

結語

　　「君不見黃河之水天上來，奔流到海不復回」，這是唐代詩人李白（701-762）〈將進酒〉開端，很成功的誇張修辭，一下子抓住了讀者心思，已用完十七個

字，但還無法成詩，可見十七個字要完成一首詩難度有
多大？俳句因為限制使用十七個字音，反而促使遣詞、
意象、結構千錘百鍊，竟使詩歌空間深奧而廣大，托馬
斯與芭蕉的俳句就是最好例證。芭蕉心儀的詩人典範是
李白與杜甫，松尾芭蕉早期俳號「桃青」，乃對應於李
白；芭蕉庵原名「泊船堂」，來自唐代詩人杜甫（712-
770）詩句：

〈絕句〉　　杜甫
兩個黃鸝鳴翠柳，一行白鷺上青天，
窗含西嶺千秋雪，門泊東吳萬里船。

這首詩寫於成都浣花溪草堂，初春柳枝新綠，黃
鸝鳥兒成雙，生機盎然；白鷺在青天映襯下自由飛翔，
好不歡喜。晴日清澄雪景當窗，來自遠方的東吳船隻停
泊在江岸。從修辭的表層觀察，動靜跌宕聲色交歡，令
人心曠神怡。深入考察，這首詩寫於安史之亂剛定，因
為多年戰亂交通阻絕船隻不能暢行，戰亂平定後看到來
自東吳的船隻，杜甫渴望還鄉的心情躍然紙上；詩人複
雜細緻的內心情思，通過情景交融的詩句表達無遺。從
這首杜甫的七言絕句，確實可以找到芭蕉俳句的詩學淵
源。修辭取景自然精確，聲色動靜安排妥貼，形象與內
心深刻對應，胸襟開闊且心境祥和。李白的誇張修辭手
法，在松尾芭蕉的俳句也能找到不少例證（如形容蟬聲

「鑽透石中鳴」）。但李白、杜甫詩歌中深厚的民生社稷關懷，因為國情不同，日本俳句詩人與現實政治的關係相對稀微許多。松尾芭蕉的詩學淵源還有「禪」的啟發，俳句中經常隱現斷然意象與出塵情懷。對物之音色與人世哀情的體驗是芭蕉詩學的探索核心，境界接近清涼蕭疏；從俳句詩意中細緻寂寥的音色波紋，能感受到日本文化的特殊魅力。

　　瑞典詩人托馬斯・特朗斯特羅默對歷史記憶與神的踪跡時有探尋，對生命奧義的冥思更是一大特色。賦有形上學意味的精神性追索，使托馬斯俳句的詩歌空間帶有凝神虛白的神祕氣息，不時閃爍著寒冷國度詩人特有的冷冽透徹的冰雪眼睛。托馬斯詩歌的現實透視雖然深刻，但是不露鋒芒，沒有令人壓迫緊張的氣息，這源自詩人的溫厚胸懷與純粹心靈，畢竟，詩是高於現實的精神性存有。

　　俳句設定了獨特的格式與節律框架，五七五的格式產生了中間延伸前後縮返的美學作用，反覆吟誦會產生一種如風搖曳之感，形成聲韻上的風的美學。五七五的格式在芭蕉俳句中，通常都細分成二三／四三／二三的韻律波動。這樣的節奏感自然和諧而錯落有致，原因是三音組被區隔在二音、四音、二音之間，避免了二音組連續形成聲韻蹇澀的情況，這種節律設計的文化根源來自唐代的五言詩與七言詩。李白〈估客行〉：「海客乘天風，將身遠行役，譬如雲中鳥，一去無消息。」（芭

蕉俳句「時望雲中鳥」轉借於此）。五言詩的韻律格式通
常每句都作二／三分隔（一去／無消息），而七言詩的韻
律格式通常每句都作四／三劃分（一行白鷺／上青天）。

　　托馬斯俳句的節律變化比較大，如上引第十首
「樹葉悄悄說：／野豬在彈風琴了。／敲鐘的聲音。」
五七五的格式分作二三／二五／三二的韻律波動。三個
二音組被三音五音區隔開，也是為避免連續性二音造成
聲韻重複感。但不同語言的語法規律語調節奏有先天的
差異，瑞典文翻譯為中文，很難完全做到漢語那麼流暢
的節奏感。芭蕉俳句的詩意重心通常都落在第三行，文
字雖然結束，詩意迴響卻瀰漫不停歇；托馬斯俳句詩意
重心的位置變化比較多，上引十首俳句，關鍵視域有六
首落在第三行，安置第一行與第二行各有兩首，詩意迴
響的動態關聯相對比較自由，豐富了俳句的詩歌空間。
托馬斯在俳句的立意（詩歌的思想視野）上也獨創一
格，拓寬了俳句的文化境界。

　　1680年，芭蕉弟子杉山杉風將自己看守貯魚池的窩
棚，改建成草庵供老師居住，這是泊船堂命名之始，而
杜甫拓建成都草堂的時間在759年，相距超過九百年。
托馬斯最重要的俳句與短詩集《巨大的謎語》（瑞典文
本）出版於2004年，距離芭蕉的年代也有三百多年。從
中國而至日本再到瑞典，不同的語言文化在詩歌中如此
深刻廣闊地交流，令人動容，也深深讚歎詩歌巨流之精
神浩蕩與萬古長青。

【參考文獻】

托馬斯・特朗斯特羅默著；馬悅然譯，《巨大的謎語》（臺北：行人文化實驗室，2011年）

關森勝夫、陸堅，《日本俳句與中國詩歌──關於松尾芭蕉文學比較研究》（杭州：杭州大學出版社，1996年）

川本浩嗣著；王曉平、隽雪艷、趙怡譯，《日本詩歌的傳統──七與五的詩學》（南京：譯林出版社，2004年）

段寶林、過偉、劉琦主編，《中外民間詩律》（北京：北京大學出版社，1991年）

托馬斯・特朗斯特羅默著；李笠譯，《特朗斯特羅姆詩全集》（海南：南海出版公司，2001年）

托馬斯・特朗斯特羅默著；董繼平譯，《特朗斯特羅默詩選》（河北：河北教育出版社，2003年）

松尾芭蕉著；鄭民欽譯，《奧州小道》（河北：河北教育出版社，2002年）

北島，《時間的玫瑰》（香港：牛津大學出版社，2005年）

卷六

詩的啟蒙

黃粱詩學的心靈契機與文化脈絡

　　我的詩歌經驗與生命經驗息息相關,最早的一首詩
因於父親的逝亡,1978年8月寫於葬禮儀式過程,先父
的遺澤是一部線裝本《四書》。阿爸與阿公皆臺灣傳統
木匠,祖父十多歲隻身帶著曾祖父母的骨灰自桃園海口
來到艋舺謀生,最先替人放牛,後來習得一技之長。父
輩謙卑厚道的性格與艋舺地方的暴烈粗野氣息,在我看
來是臺灣文化與社會的兩大支柱。臺灣閩粵移民來自福
建廣東沿海地區,乃古越人盤據之地,唐宋時期由中原
移民帶來雅致文化,與在地族群／本土文化交流,形成
獨特的既粗野強悍又含蓄溫柔的文化／族群。臺灣閩粵
移民的性格原型,蘊蓄了這兩大特徵。

　　臺灣地區文化與大陸地區文化,在深層結構上有
藕斷絲連的關係,再和島嶼的風土／歷史融合,與原住
民族通婚混血,經歷四百年演化,形塑了臺灣人特異的
面貌。相對而言,臺灣南島民族四百年來遭受來自大陸
數量龐大的閩粵移民壓迫,族群逐漸被邊緣化。南島文
化是臺灣最深層的原住民文化,具有豐富的口傳神話、
信仰儀式、生態智慧、歌舞、服飾、飲食、器物等文化
藝術資產,但在臺灣文化中的位置長期消隱不彰,這是

亟需關注與振興的根本命題。1895-1945年的日本帝國殖民，對臺灣文化之侵蝕與族群改造採取循序漸進的方式有其分寸；1945年10月之後國民政府在臺灣採蠻橫專制的統治，對本地語言、文化與常民心靈傷害極深。但1949年的國共內戰難民潮也帶來豐厚的文化資產，各省菁英匯聚島嶼，變構了臺灣原本的邊地視野，對拓展海島文化的總體格局有所助益。

文化傳承來自三個面向，一個是文化經典知識（如四書五經），一個是生活教養與習俗信仰（如古樂歌謠與歲時祭典），一個是家族血緣基因。父母對我的教養總歸是寬容與愛，這不但來自代際相續的生命體性，也來自流播久遠的倫理觀念。文化超越國族空間與地理空間，並在社會空間與家庭空間裡流傳；黃粱詩學受惠於文化傳統的形上世界與家庭場域之人性基礎，這兩端是根本。

我對學校教育一向叛離與抗拒，制式化教育從根本處摧殘人性與心靈。文化教養我私塾于美學家潘栢世先生、古琴家莊秀珍女士甚多，他們受惠于牟宗三、唐君毅、孫毓芹等文化前輩；此即人文傳承與心靈交流，與社會階級、地域族群無涉。詩歌沒有標準範本，如果有大概會造成災難。我寫詩初始不閱讀（不依傍）任何當代詩，對「詩」是什麼沒有刻板印象；我的文筆本來笨拙，言語木訥思路蹇澀，專注新詩與評論是無端天啟，純粹是「詩」教我如此，而不得不成為一個詩人。

　　1981年秋獨居八里海濱閉門讀書，我從閱讀南傳佛教《阿含經》與漢魏《樂府詩集》獲得身心靈放空、性情素樸之啟示，並在海邊孤獨漫遊時體會天地大寂，即興起舞中形骸脫解。突然擎筆寫作的文字是古詩，一個月寫了32首，彙編成《八里古詩輯》，緊接著寫起新詩，無心而動一發不可歇止。1983年賃居新店灣潭鄉村，山林之寧靜與愛情的溫潤，像一層卵殼保護著一個即將誕生的詩人，沒人知道他什麼長相？穿什麼語言的衣服？他不寫詩，「詩」是他的生活形式與日常呼吸。

詩是那未曾道出的，愛亦如是

1

> 馬達加斯加島非洲巨棕「塔西娜棕櫚」，五十年才
> 開花一次，簇生一根巨大的花序，結果累累汁液淋
> 漓，開花結果後耗盡養分死去！

　　歲月的根鬚，觸及地層下的無明之海，化孤寂為
廣大無言的愛，土的詩章只有一個音色，見素抱樸，安
寧之至，竟連詩人的臉也消失。飲喝月光的夢遊者？在
日常生活時刻，人猝不及防墮入夢鄉，現實的枝條掛滿
了詩的花果，一字一句金石般鏗鏘。蟲化作人，人變成
蟲，只是一眨眼功夫，當頭棒喝頭上開花，曲折的竟是
木棍，傾聽枯木開花的聲音！五十年才修成正果的詩歌
花序，彷彿荒原烈火，你不得不凝視它，蒼涼的激情，
令人吃驚的陽光與肉體的戀愛。渴望語言的汁液也如此
淋漓酣暢，想寫下不是陳腔濫調的一句話何其困難，讓
夢想的語言即是詩的語言罷！

　　聽人說夢話，喜歡破殼的話，內心真實無蔽的話就
是詩！詩人難以用世俗語言表白，無法與穿金戴銀裝模
作樣的帶殼的語言交談。活著，講夢話，對現實時有乏
力感，但畢竟真實畢竟空，畢竟活著，環視周遭屍橫遍

野。當我讀到真實的詩,生命頃刻清醒而法悅,聽到真實如夢的話亦然。現實與生活究竟是什麼東西?當人渴望抓住並掌握現實,現實即刻無情地吞噬了他。尊重你的心靈直覺!相信根植在生命底層的初心是大道,依靠詩的指引活著愛著,坦蕩盛開詩之華。

但現實依然不斷架構著層層疊疊的殼,不斷覆蓋生命直至心靈窒息;我盼望,一旦傾聽生命之詩的指引,心靈頃刻可以突圍,重新回返創造之途,是這樣嗎?人可以藉由創造性地活著愛著,變化自己伸展自己,逃脫麻木冷酷的現實網絡的枷鎖,從學校,從社會,從欲望,從婚姻,從名利中。我們現在試著成為一個大寫的「人」,擁懷大塊靈魂。

生命之道途向來不能平靜圓滿,浮動的心不能完全信賴託付,真實與虛妄長相左右,情欲糾結,自掘深淵戕害身心,遮蔽靈性層面的光明願望。來日忽然一聲召喚,洞觀自己遠離了慈悲喜捨的道場,一念真實不虛何其稀有!有情終將匯歸於一,大於一,你也曾經是我。

詩是那未曾道出的,愛亦如是。

2

六字大明咒:唵嘛呢叭咪吽(om mani padme hum)是梵文的譯音。古傳說觀世音菩薩是阿彌陀佛的傑出弟子,他曾發下大願:「我要盡我的形壽遍度一切眾生,如有一眾生未能得度,我發誓不取正覺,

我如在眾生未度盡前捨棄此一宏願，我的頭顱將碎裂為千片。」隨後觀世音菩薩悲智雙運度化人間，然而眾生無數苦難無數，生死苦痛無法豁免，觀世音菩薩遂起退轉之心，當下他的頭顱裂成千片，就像千瓣蓮花一樣。這時阿彌陀佛即時出現，道出六字真言「唵嘛呢叭咪吽」，觀世音菩薩聽聞立即徹悟，一心普渡眾生。

「唵，總持人的身體、語言、意念；嘛呢是珠寶，以體自清淨象徵慈悲；叭咪是蓮花，以出泥不染象徵智慧；吽是不動不變不受干擾的清淨種子：眾生自足的佛性。」六字大明咒的意義是，沒有什麼苦難是不能解除不能度脫的，因為生命的種子本自清淨。人的身體、語言、意念在世間的污染是無法避免的生存災難，誰也不能豁免；因緣于生命之愛的信念，身心靈時時可以復歸於完整。相信生命本來清淨具足智慧，平等接納光明與黑暗，喜樂與憂傷；寬諒他人之惡，祝福自己的善，讓光明意念如種子般自然生長。於是，黑暗的經驗逐漸敞亮，偏執鬆綁自由出入，融入光的懷抱。

喟嘆黑洞之絕美也擁愛鬱結的憂傷，他們都是生命之樹上的繁花，珍惜生命的意念會將黑暗憂傷轉化為正向能量；詩與現實永恆頡頏，詩歌葆藏的純粹心靈能使貧瘠麻木的現實煥發神彩。慈悲喜捨即是試著接納試著愛──那些變化中的心靈與經驗，那些移動中的自我

與他人。業之風純粹而無情，一切因自有一切果去收拾它！每一刻當下的心，不虛假，不放蕩，不壓抑、不遁逃；一心直入正向緣起，願望生命之愛真實、廣大。

人之樹，生命的荒野，種子清淨，愛情宛轉，於是有詩篇流傳⋯⋯

3

日月乃百代之過客，周而復始之歲月亦為旅人也。浮舟生涯，牽馬終老，積日羈旅，漂泊為家。古人多死于旅次，余亦不知自何年何月，心如輕風飄蕩之片雲，誘發行旅之情思而不能自已。

──松尾芭蕉〈奧州小道・開場道白〉

與君傷別離／如蚌脫殼無所依／秋日行遲遲

──松尾芭蕉〈奧州小道・關門俳句〉

過年期間照顧母親，至今日滿月，益發親近母親的身體，感知歲月皺紋之莊嚴。九十老嫗而心地清朗喜悅，時時懷抱感恩之心；每遇小解、食飯、洗澡必歌吟自造之諧曲，自得其樂，且將喜悅分享他人。佛經云：行住坐臥是道場，禪宗開釋：道在尿屎，果無虛言。

愈接近愛，愈感到愛之莊嚴。我願望的愛之觸，我願望的愛之受，我願望的愛之法喜。愛，使我更尊重自身體性，將激情恭迎上座。身體是玉盤，承載美麗的慾

望；身體是尊貴的騎士，駕馭奔馳不息的生命。尊重直覺如斯！尊重緣起如斯！

直覺教我：去！去！成就更高自我。

恍惚一路走來，猶如生命無他途。人身難得，親情難得，愛亦難得。

每日煮飯洗碗，陪伴母親進食，替母親換衣物、抹藥、打針，臨夜半再吃點心（糖尿病患者少量多餐），好像照顧一個嬰兒，終於體會人母與主婦之辛苦。向母愛學習無私的付出，學習人子之愛，也恍惚懂得了愛情；生命之愛是一切人間情愛的根基。

日本俳句宗師松尾芭蕉一生清貧，感知生命難得，放空現實，四處飄遊，成就〈奧州小道〉，言簡而義奧。詩應如是，愛應如是。

古道古風我自愛慕，虛心接納塵世，自性本來光明，不受意念輾轉心靈飄浮之苦。自擬斷片抒懷——

清剛山頂日，琉璃古道心，大氣吞寂靜，翡翠一聲啼。

4

〈魚和青蛙〉

一旦你執著於感官時，就會如同上鉤的魚兒。當漁夫來了，儘管你怎樣掙扎，都無法掙脫。事實上，你並不像一隻上鉤的魚兒，若說的話，其實更像一隻青蛙。青蛙是把整個釣鉤吞進腸子裡頭，而魚兒

只是口被鈎住而已！

〈樹葉〉

現在我們正坐在一個寧靜的森林裡，如果沒有風，
樹葉會保持靜止不動。然而，當一陣風吹來時，樹
葉便會拍打舞動起來。心，猶如那樹葉，當它與
法塵接觸時，便會隨著法塵的性質而「拍打舞動」
起來。只要我們對佛法的了解越少，心越會不斷地
追逐法塵。感到快樂時，就屈服於快樂；感到痛苦
時，就屈服於痛苦，它總是在混亂之中。

——阿姜查《森林裡的一棵樹》

　　愛是一種「施」的能量與智慧，而非欲望的投射與
滿足；就像「詩」不僅僅是把心掏出來，掏出來還要凝
視它看清它的面目，讓它沐浴在光中大滌一番，才是所
謂「詩的真實」。（黃粱贅語）

5

　　行走在城市近郊的山林中，沐浴于陽光無私的大
愛，春陽開放性生發性的觸摸，使身體自然孳生愛意願
望打開自己，身心頃刻柔軟而溫暖了起來。因為一個人
身心柔暢溫暖，使面對面的另一個人如沐春陽，身心也
柔暢溫暖，心與心之間藩籬敞開幽徑相通。平時的自己
是多麼僵硬繃緊啊！身心困頓傷害了生命的創造契機，

活著不自覺變得更用力更費勁，想來笨拙之至！

　　陽光悠緩瀰漫的能量，如同「愛」一般，無我無私，陽光之愛真是大方大器，儘管收穫在另一個季節也無妨；花之芬芳歌吟滌蕩四野，萬有引力靜觀果實成熟，並再度使身心之愛潛入泥土。

　　祝福並接納了心，心也會祝福接納你，彼此相知相惜。認識自己懂得了如何愛自己，真實不虛的愛——愛陽光愛土地愛生命愛他人，方才成為可能！大方大器的愛，自然界從來無言說的智慧，想要學習這樣的智慧。

　　想要學習與萬物溝通的智慧，與花之芳馨，與青樹枝，與路邊野貓甚至拋錨的汽車。願心與心的溝通亦然，浩蕩無蔽障，如此慷慨裸裎的心，我愛。

6

　　我願望，人與人的交往，貼心明淨，澹泊如菊。

　　我願望，幸福簡單親密如枕邊書，回眸可觸，茶杯在手。

　　我願望，寧靜閱讀，自在書寫，四壁無遮攔。

　　我願望，生命原初的氣息時時回來探望我，我感恩。

　　我願望，詩是廣大的心識，愛是純淨微妙的呼吸。

　　我願望，歸宿於信仰扶持之力，我的精神光明正大。

7

　　一泓黑髮縮結，山河歲月　　一泓黑髮釋放，地老天荒

夜裸裎，寂寞冰雪的美人　火流星般，淚，刺痛了
愛情

——黃粱〈詩斷片〉

　　心靈交流不是一時一地的遭遇，從未如此想，冥冥
中，等待著祝禱著；我洞觀我欣喜，流離之體格逐漸匯
聚，靈性悄然覺知而點燃心頭一點光明。

　　一個人一顆心，如一座幽微閃爍黑暗瑰美的黑水
晶礦藏，難以測知質地與造形，能量場撲朔迷離動盪不
安。我細細觀察其真，我時時體會其美；我思維它的深
奧難明，我讚嘆它的曲折變幻。

　　舉手投足呈現生命淬鍊的厚度，一種罕見的幽微動
靜之美，一個腳背曲伸的心理動作，一個衣領不對稱的
意緒褶痕。

　　黑髮披散的情境浩大如流霞飛瀑，引人遐思，心
靈渴望彈撥琴絃。無端舉手拭淚痕，渺無音聲的身體戲
劇，霎時將一生凝結。

　　暗黑的心藏拙火，猶如荒原野樹燃，彷彿深海紅珊
瑚；言語微波，身姿韻度，令人懷想夜雨晨霜。

　　還有願望底層的眸中之光，靈魂之清白，我聽見無
邪歌聲。松綠色清香松綠色迴身松綠色宛轉，琉璃閃爍
的愛情靈光……

8

　　古漢語詩溫潤婉約，蘊藉性情之美善，交織了眾多的自然屬性；植物、動物、雨雪、陽光、星月，形成獨特的人文編織紋路，在心靈直覺的幽微裡瀰漫自然之廣大。時時回歸生命本源，處處覺察心靈初衷，人心、天心與詩心交融成一體，氣息浩蕩悠揚。古漢語詩的情感造型以詩經〈蒹葭〉、樂府詩〈子夜歌〉為代表，情意溫厚綿長，哀而不怨，怨而不傷，因為有倫理尺度做為生命支柱。今人道德理念瓦解矣，情感面貌變化為高亢輕浮或壓抑自溺；人與人幾乎無法談愛，不是滾落于情緒，就是偏狹于情欲，「愛」永遠是缺席者。愛攸關性命非干心理情緒，愛彷彿一首讚美詩徐徐綻放，賦與生命芬芳，愛是根本道場。缺乏愛之滋潤的土地與歷史，心靈浩劫終將來臨！

　　現代性存有，節奏焦躁氣息濁重，使生命意識狹促而疲勞，意念反覆自戕身心；當代生活趨向于虛無，就是這般生存情境必然的結局。「詩」敞開一條道路，生命與無始以來的存有之光產生連結，廣闊生命之愛；人之樹，豐茂高大，自在奔放而叢林。

　　每一片樹葉所顯現的「無我」本色而神祕，不需加以解釋。現代人畢竟心識有限，雖然嚮往于自然物象的樂音與舞蹈，一旦以一絲絲「小我」加之束之，自然「大我」的空靈廣闊漸次委頓。但「人文想像」之可

貴，不是依存於自然而是擁懷自然，於是有古琴、古
詩、古書法，立於人而出於人，能夠反哺精神於人的身
心靈。當代的文學藝術，說來說去只在人的有限心識中
打轉，與自然之道斷隔；自誇自擂總是小氣，創作變
成人為操作的技倆，而非凝聚生命回返「創造性自身」
的大道。依此根本知見，「詩」獨一無二，這是辨識
「詩」最直接的方式。

　　大千意識甚深微妙，「心」點滴展開它的旅程……

《小敘述》書寫緣起

> 面臨試煉之劍
> 迎向刀刃的心
> 哀歌，在價值審判的烈焰之中展翅飛昇
>
> ——黃梁《小敘述·後記》

　　2010年才出版的《花蓮鳳林二二八》是二二八口述歷史資料中震撼人心的一章；別的專書皆搜羅一個地區受難者的訪談記錄，唯有這本書單單敘述張七郎家族的受難史。我與此書的相遇可說是一個奇緣！2010年5月我從臺北搬到鳳林鎮，閒暇騎單車四處遊逛，有一次逛到西側的山腳地區，在張七郎親手經營的家宅「太古巢」旁的「傻花莊」，與莊園女主人聊天時，她拿出剛上市的《花蓮鳳林二二八》與我分享。

　　雖然我知曉「二二八」與「張七郎」這兩個文化符號，也耳聞過張炎憲教授與中研院近史所的口述歷史訪談；但與普遍臺灣人一樣受到經歷白色恐怖的心理障礙阻隔，從未積極去深入了解。這一次因於地緣關係，張七郎家族的深邃苦難打開了我的臺灣史視野。深入閱覽此書之後相當震驚！自我撟問：為什麼我對臺灣的歷史如此陌生？趕緊去蒐集了各種二二八專書集中研究，閱

讀過程痛苦不堪經常淚濕衣襟，終於催生了《小敘述
二二八个銃籽》，一部專題探索「二二八事件」的史詩。

　　回憶錄與訪談文本，對歷史現場重建具有難以替
代的珍貴價值！調查資料與研究論述從理性角度進行事
件因果分析，而受難者及其眷屬的口述則從感性立場召
喚事件現場氛圍，直接翻動了閱讀者的身體情感。我的
二二八史詩書寫的初章是〈罪的盤旋〉，以1993年中研
院近史所《口述歷史第四期二二八事件專號》〈蘇金全
先生訪問記錄〉為底本撰寫而成。本訪問稿敘述蘇金全
之父劉登基先生在高雄地區的受難經歷：劉登基是岡山
一個糊鼓仔燈的手藝人，在夜市吃宵夜時無故被抓走，
槍殺於橋仔頭，死後多年冤魂不散，徘徊於橋頭經常要
路過的機車騎士帶他回家，致使當地車禍頻繁。劉登基
之妻與子，事件後不堪當地警察的長年騷擾，搬家甚至
改姓，四十多年不敢提起往事，直到歷史研究學者循線
登門造訪。

　　劉登基先生死不瞑目的受難經歷，每次閱讀時都
令我熱淚盈眶，並激起我撰寫二二八史詩的勇氣。有了
訪談資料的加持，為再造歷史事件的臨場感打下厚實的
情感基礎。〈罪的盤旋〉採用非單向敘述的模式，以敘
述視點轉換帶動場景跳接，顯現歷史脈絡與記憶重建的
複雜性；《小敘述　二二八个銃籽》單篇文本與全書文
本的結構佈置皆採用此種模型。史詩內容皆來自研究文
獻與訪談資料，尤其張炎憲（1947-2014）策劃主編的

二二八研究論文集、事件辭典與訪談史料彙編，受益最深，感恩無盡。《小敘述》出版後我寄了一本向張炎憲教授請益，張先生回電告知他正要赴美做相關研究，回來再約我深談，不料文化前輩卻一去不復返！

　　本書敘述「二二八事件」前因後果，涉及的受難人員包括普通百姓與社會各界菁英，受難地點遍及高雄橋頭、岡山、屏東滿州、嘉義、臺中、埔里、新竹、臺北、基隆、淡水、花蓮鳳林等地。《小敘述　二二八个銃籽》，正文十四章總計1200行，前有題詞、獻詩、序曲，後有振魂曲、為臺灣祈禱、後記，從澄清歷史脈絡的過程反思臺灣主體意識與國家認同的命題。臺灣經歷日本50年的帝國殖民與國民黨軍政集團40年的戒嚴統治，將近百年的被殖民歷史模糊了臺灣人的主體意識。透過事件探索與詩歌書寫，我嘗試將歷史、人民與家園連結在一起；臺灣意識的基礎建立於歷史意識的澄清，沒有對過去被殖民命運的深刻反思，第三度被殖民的火苗依舊在每一個臺灣人的身體裡默默滋長。

　　《小敘述　二二八个銃籽》之書寫，對外回應嚴峻的國家正常化命題，對內召喚全體國民的心靈覺醒。「二二八事件」既是臺灣的苦難經歷也是偉大的歷史資產，瞻望未來，期望臺灣走向多族群多文化共生共榮之景。臺灣文化復興必須從教育著手，語言教育和歷史教育必須澈底重整，文化主體性才有建構的基礎。臺灣各族群的語言與文化必須受到同等尊重，否則族群和諧共

生從何談起？期待更多人一起來關心臺灣主體意識與國家認同命題，催生新臺灣人與新臺灣的誕生。

　　為了傳達出更貼近生活情感的歷史真實，《小敘述　二二八個銃籽》以臺語、華語、客語穿插書寫，以語言的複雜編織對映時代的風火雷電，嘗試用渾沌的詩歌空間重建歷史現場及其時代迴響。「小敘述」依傍著庶民的觀察視點與身體情感，但全書思想視野試圖超越「事件」本身，探索「臺灣」之族群性格與歷史脈絡，將生存願景指向永續經營的未來。歷史與當下之間存在著無法跨越的深淵，詩的功能並非復原歷史，而是指明深淵之存在，如此，人心自有勇氣跨越虛無，**觸摸遙不可及的歷史實體**。

　　謹將此詩獻給「臺灣母親」。

詩的啟蒙

　　文是什麼？「文」，即紋身，指人們在出生、
成人、死喪之時舉行的儀式。以「文」為形體素的
文字都帶有這個含義，並形成系列。在稱呼神聖的
祖靈時，用文祖、文考（父）、文母等詞，祖靈之
德則稱作文德。要聖化即將進入靈界之人，方法即
是在胸部加上紅色符號，其形狀就稱作「文」。此
一符號描畫的是生命象徵──心臟的形狀。為求聖
化而加上的紋身之美，也可以理解為人們內在德性
的象徵。所謂「文」，就是內心世界的外在表現。
天上的秩序稱作「天文」，人的內在天性則稱作
「人文」。

　　「言」從字形上看，意思是「對神的起誓或祝
告，如有虛偽不實，甘受神罰，接受入墨之刑」，
因此是一種自我起誓，與神訂立誓約，希望能夠實
現願望。

　　　　　　　　　　　　　　──白川靜《漢字百話》

　　「詩」從出「言」字，發「寺」之音，發「寺」
之音者皆有「法度」義。如「誓」字，折草起誓，意思
彷彿；另有一說，以斧頭砍去二心為「誓」（立誓只能

一心）。上述對「文」、「言」、「詩」之原始義的闡明，與我的寫作初衷與詩歌啟蒙息息相關。

　　吾第一篇自發寫作之「文」，成於1978年8月8日先父過世之日。「年方二十，_{離離飄蕩，父喪遲歸，血淌}_{心上……}」，目睹棺木中尚未闔上的淚眼，我以無比震顫的靈魂擎起了筆；先父出殯完畢，我的儀式也畫下句點，轉身又再度浪流。之前並無寫作習慣，詩也未曾親近，只能說是伶仃的心與死亡的對話！

　　「詩」之啟蒙發生於1982年10月，烏來瀑布下方溪谷：

　　　〈秋之蘆〉
　　　如河底青石上的裂痕
　　　我的心
　　　如沙中的時辰
　　　當深秋之后葉脈轉紅
　　　允我側躺如一垂死的少婦

　　詩是大化在人身心靈的舞蹈。獨孤之我側躺於水岸望過溪床與蘆花，心，忽然淌出斷續聲音，默誦完畢感到無上喜悅；我剎那明白：「這就是詩！」全身心鬆緩下來闔上眼睛。詩，在眨眼之際親近垂死奧義，生命終究要置之死地而後生。

　　1984年移居灣潭，出入要靠人工划渡，在此隱幽的

山居生活，我寫下〈終於又是藍〉、〈裂縫〉、〈半面
的月光〉、〈懵懂之劍〉。夜深人靜移步階庭，一首詩
隨著我的身影晃動，悠然相親。如何洞觀與傾聽？詩，
揭開而已，然揭開之前有大神祕。

〈**終於又是藍**〉
終於又是藍
唇，上昇，下降
石上之石
搖擺的影子，雨

一顆心，太冷或太熱
夜，寂靜，枯乾的新葉子
塔尖，未完成

不可能是月光
愛，遙遠的花園

〈**裂縫**〉
荒谷中的黃金
猶豫著，能否墮入黑暗
如你所愛的
心也碎裂成兩半

夜賜你孤獨，貓
與悲哀緩慢愛撫
墜花
劍比血幸福

　　我在吟詠之中幡然醒悟，原來「風格」就是人的本
性節奏與心靈本來面目，詩的音色會去發明屬於自己的
文字。
　　〈唇〉寫於新店溪古渡頭。子夜沿著岸邊獨自漫
遊，抬頭乍見滿月清輝，一條小徑蜿蜒迤邐不知盡頭，
湛藍的夜將萬物渲染成透明⋯⋯

　　〈唇〉
　　小徑
　　銀色的草葉
　　月光降臨，一株薄荷草
　　今夜天空釋放，它湛藍的夜犬

　　音色的波動在天地間迴環往復，以此天地交泰之旋
律，名之曰「唇」。四下蟲聲寂寞唯我獨醒，彷彿天地
即我我即天地，小我被消泯於大化中。天地有大美而不
名，一個無文無字不思不議的新生曠野，天地有大愛如
斯朗澈將我靜謐團團擁護──

〈靜穆〉
夜之泥塗
時間的石脈中
比靜止更慢的花草
冷清無四壁
芬芳殺人

如何迎接詩的誕生？尊重直覺而已，尊重自己的啟示是唯一大道。如何迎接生命的誕生？一首詩是一個孩子，一個孩子也是一首詩；如斯因緣我寫下〈春媾〉、〈我的靈魂，我的肉體〉，詩，你來了！「我」的誕生方興未艾……

〈春媾〉
春媾，寡婦的肉體與枯枝
語彙的手──

不可計量的相遇
世界，針與水珠

〈我的靈魂，我的肉體〉
螺旋而上的高塔
塔尖，我的靈魂，孩子
你是多麼快樂

背負孩子的脊梁
傴僂，我的肉體，父親
你是多麼疲憊

今夜可口鬆甜
嬰兒的哭聲
夜之蛋糕上的蜂蜜

　　2009年母親往生後，我問了自己幾個問題：我從哪裡來？父母那一代人是怎麼活過來的？下一代又將往何處去？總結是人的歸宿命題，牽連到人與土地，還有歷史。來不及與父親深入交談，他走了，我相信父親了解我；流離在外，他從不過問我去哪裡，人子一輩子感念在心，辛苦了，木匠也可以生養十個孩子。來不及鏤刻她的一生，母親也走了；父親過身後，她在清寂的廟裡吃齋唸經暮鼓晨鐘，一輩子無所怨切。這是臺灣人的宿命嗎？他們沒有機會為自己活過，以不為人所理解的方式默默走向歲暮的空谷。我寫下〈紀念母親〉：「你要走了嗎？／你回到昔日的床榻／坐在床沿思想未來的日子／今晨我在你的眉宇間／看到你的骨肉──我／我能向你學習寬容嗎？／一瞬間，母子連心之喜之慟」，「沒有皺紋的詩篇寫在媽媽臉上／枯萎之後滿室馨香／媽媽的心像遠山含笑／一年四季綠意盎然」。

　　2010年隱逸花蓮偏鄉，我開始從頭閱讀臺灣歷史，嘗試用母語跟土地與人民交談，久違了！吾有復原父母、祖父母生活家園的願望，渴望重新認識過往，睜開三代的眼睛幸許能夠瞻望未來。花了三年時間我完成回顧「二二八事件」的史詩《小敘述》，從華文主體過渡到臺語文主體，再過渡到臺灣主體，「臺灣意識」終於在身體裡扎根，好一段漫長的旅程。

　　百年臺灣無奈地遍佈著強勢他者，人心長期以來滿懷壓抑與焦慮，生命原生性的莊嚴被一再摧折，精神意識殘破不堪。吾僥倖在社會邊緣遊走，為的是保存生命元氣與創造契機，以「詩的經驗」鍛造自己。

　　我自覺親近「頌詩」的傳統，渴望以全然坦誠的祈禱轉化身心靈，消泯二元對立。頌詩的原始義，誠乃對核心價值與天地聖靈表達尊崇，對人文理想進行無盡的思慕與追尋。詩惟有立足這個基點，虔心拓樸，與心靈、與時間、與世界、與歷史款款交流，文字由是浩蕩而莊嚴，呈現「存在」之光耀與真實。

　　〈天色微明集〉選章

　　〈霧〉
　　山外山，霧中霧
　　趕霧的人
　　青衫濕透涉過洪荒

獨立山，蘭花橋
人世偏遠一粒米大小
趕霧的人
把霧趕進聲音的空谷……

〈鑿石為風〉
鑿石為風
溫柔地穿越岩石的性靈之風
渴望匿藏，騷動，大理石昂起純白的額頭

鑿石為汪洋，石浪翻湧
鑿石為蓮花，石之芳華遲遲奔放
鑿石為心，鑿石為千手千眼的接納與釋放

〈洗心雨〉
渴望把心放飛
渴望身體放飛
空中沒有牆，空中沒有早與遲
渴望雨撲群山
渴望雨瀑洗心
雨後眾流歸一，雨後念念相續

〈生命開眼〉
礫石灘上，靜默是至高無上的主

浪的祈禱詞，日復一日
愛將來臨！愛將遠離！
草木石心皆有情
人，能用什麼來迎接光？
恢宏大海掀開了帷幔
生命開眼，彷彿剛剛甦醒
喜悅之清晨，無涯際的心

〈沙之光〉
月光歇息，海濤咆哮
我的心裡有靜穆的沙灘
沙中溫暖的心
沙的肩，沙的臂彎，沙
安坐，祈禱的手
圓潤細緻的臉龐
黑夜在大海中沐浴
沙之光，純粹，虛白

　　黃粱詩學愛慕「初」的詩歌場，「初」懷抱所來
處，關涉更高處；詩人以聖徒之心，跋涉與朝拜，相信
「詩」是一方聖域。在「詩的開放場」生態網絡裡，
人與土地家園、文化傳統、天地萬象，豐富連結親密相
應。〈天色微明集〉以虔敬之心祝禱，歸宿所來處，仰
望更高處，召喚美的原始傾聽天地運轉。

　　我的詩邀請我，因為我只不過是個詩人。詩，一心直入，接天納地，渾融愛與死；詩，消泯自我，利益眾生，為人間帶來點滴安寧。「施」即目的的人生，創造乃為禮物，尋找真正喜樂的因，真正的喜樂就是自由。

　　詩，停頓世界，詩的思想，重整世界；兩種能量交互作用，人心與天心歷歷在目。詩，在前在後在左在右，絕學無憂，如嬰兒之未孩，它不依靠它以外的任何條件而存在。詩，清淨又渾沌彷彿它本然如此，抱一，魂魄合性命集，玄覽，以大滌精神直觀萬象不被人類智識所限制；詩，自由開闔如天門，安然靜穆似為雌。

　　世紀喧囂萬眾輕浮，詩之玄妙奧美如何能被指認出來？詩是一朵身體的蓮花，語言是花瓣，詩之言說像似夢境花朵含苞待放的想像歷程，在人天之際優遊往來，猶如玄德；詩，無端，無終始，無盡藏。

　　　　載營魄，抱一，能無離乎？專氣致柔，能嬰兒乎？
　　　滌除玄覽，能無疵乎？愛民治國，能無知乎？天門
　　　開闔，能為雌乎？明白四達，能無為乎？生之，畜
　　　之，生而不有，為而不恃，長而不宰，是為玄德。
　　　　　　　　　　　　　　　　──老子《道德經・第十章》

從古琴聲音談文明精神

　　記得是1977年金秋之日，我來到浦城街雲門書店找剛認識的朋友吳文斌，他大我兩歲，剛退伍，跟隨老潘探討佛學。雲門書店是龍田出版社社址，書店後半為老潘、老莊簡陋的小窩。我在書籍平臺邊逗留隨意翻閱，恍惚之際，聽到未曾閱聞之聲從後廂微啟的門縫傳出，斷續幾個音，自然隨意，悠遠深邃，震動我的心弦。我對西洋音樂從巴哈、莫札特到巴爾托克、荀白克都極為熟悉，聽遍了松竹版黑膠唱片；但這一完全不似人為的聲響，帶給我的不是聲音經驗甚至不是心靈經驗，而是精神洗禮。剎那之間，青澀少年的內心深處發出一個信號：這就是我要的！

　　為何如此？要到很久很久之後我才能明白。那個聲音是古琴，撥弄琴絃的是莊秀珍，此後我與文斌都戲稱她乾媽，平日直呼老莊；和大我們十多歲的文化奇士潘柏世，既像哥們又似道友，老潘來老怪去，彼此毫無拘束。書店不久改賣紅豆湯，老潘、老莊搬到耕莘文教院東側的公寓。1978年初春我離家出走，擠進這間老房子，與文斌共用一間斗室，切磋佛經，這是我一生的轉捩點。

　　古琴聲音有五大特質：第一、非時間性音樂，不

是由主題、旋律、線性敘述所構成，而是空間性音樂，聲音漫溢猶如天女飛花，虛實相生聚散離合。第二、不是結構性藝術，沒有井然有序的框架，而是心隨意轉觸手成春，琴譜只是一個參考座標。第三、古琴音色處於核心地位，質感決定造型，而質感來自人的體格心性。第四、傾聽與召喚為先，溝通與銘記殿後，前者烘托意境美學，後者符應人文理想。第五、古琴天地是流傳久遠的精神建築，與自然之道契合，調理身心修養性情，尊道崇德永續文明。范仲淹（989-1052）所以言：「鼓天地之和而和天下，琴之道大乎哉！」（〈與唐處士書〉）。

我終於明白，「這就是我要的！」此一訊息的深刻含意，那是一種精神喚起，亙古以來的存有之光（天地精神），透過「聲音」這個通道，從三千年前傳遞到此時此刻，將吾身心靈中深埋的文化基因，灼灼燃亮大放光明。古琴的五大特質：虛實相生、心隨意轉、尊崇質感、意境召喚，加上亙古相續的文化脈動，與古詩透過「語言」這個通道顯現創造性自身（自然法則），可謂精神同盟。

我頓悟：「我是李白、杜甫的兒孫，李白、杜甫也是我的兒孫。」這句話的涵義是什麼；我們體內共有詩的原始（文化基因/創造意識），足以互相發明永續生成。我清澈：「古琴、古詩、古書法，立於人而出於人，能夠反哺精神於人的身心靈。」原理何在；唯有根

源自然之道的「無限心智」才能立於人出於人，反哺精
神於人的「有限心識」。

　　原來，我翻騰于古典漢詩與現代漢詩之間，因緣所
生；詩的初衷深密牽引，古今連貫讓我熱淚盈眶。無論
古詩新詩，詩的審美精神臨在的不是意念修辭與形色表
象，而是心靈奧義與精神氣場，智性與渾沌相互辨識的
深沉對話。章法虛實相生語言剛柔相濟，以心靈直覺搖
盪風情，追索純粹音色，語言意識傾向召喚與傾聽，擁
懷文明精神立定生命軸樞，正是扶持我四十年詩歌歷程
的核心要素。風詩，以奧美文字歌吟詠歎砥礪心靈，雅
詩，以一人之心總天下之心關懷社會，頌詩，聯結天地
萬象溯源文化歷史；黃粱歌詩延續此一脈絡，蘊蓄漢語
文明的精神根鬚，豐碩漢語詩歌的當代花果。

　　過去與未來是兩道牆，將現代人圍困，背離所來處
忽視更高處的現代性心靈，拘囿于私我意識與社會時尚
難以脫身，沉溺于物質環境與消費文化無以為繼。身體
氣象如何周行而不殆？唯有歸宿「所來處」，仰望「更
高處」，淬鍊人文精神，整全生命體性，美善道德終將
溫潤而復甦，形而上的審美精神與價值信念才能在人間
世扎根。「形而上者謂之道，形而下者謂之器」（《易
經‧繫辭上傳》），道器不相離。

讀詩人155　PG2761

 君子書
　　　——黃梁歌詩

作　　者	黃　梁
責任編輯	林哲安、陳彥儒
圖文排版	陳彥妏
封面設計	劉肇昇

出版策劃	釀出版
製作發行	秀威資訊科技股份有限公司
	114 台北市內湖區瑞光路76巷65號1樓
	電話：+886-2-2796-3638　傳真：+886-2-2796-1377
	服務信箱：service@showwe.com.tw
	http://www.showwe.com.tw
郵政劃撥	19563868　戶名：秀威資訊科技股份有限公司
展售門市	國家書店【松江門市】
	104 台北市中山區松江路209號1樓
	電話：+886-2-2518-0207　傳真：+886-2-2518-0778
網路訂購	秀威網路書店：https://store.showwe.tw
	國家網路書店：https://www.govbooks.com.tw
法律顧問	毛國樑　律師
總 經 銷	聯合發行股份有限公司
	231新北市新店區寶橋路235巷6弄6號4F
	電話：+886-2-2917-8022　傳真：+886-2-2915-6275

| 出版日期 | 2022年6月　BOD一版 |
| 定　　價 | 340元 |

讀者回函卡

國家圖書館出版品預行編目

君子書:黃粱歌詩 / 黃粱著. -- 一版. -- 臺北市:
釀出版, 2022.06
　　面;　　公分. -- (讀詩人;155)
BOD版
ISBN 978-986-445-667-3(平裝)

1.CST: 新詩　2.CST: 詩評

863.21　　　　　　　　　　111006552